魔豆

異眼房東

日常生活 01

室友駕到

香草／著

異眼房東の日常生活

【人物介紹】

安然

外表清秀，性格老實，
看起來很好欺負的樣子。
擅長家務與烹飪，
職業是會計。

劉天華

愛好研究風水命理的大學生。
與家裡鬧翻，
當起神棍賺取生活費，
時常在赤字邊緣求生存。

林俊

容貌帥氣，衣著時髦，
性格開朗卻有少爺脾氣，
傲嬌屬性。
目前離家出走中……

林鋒

體格壯碩，眼神銳利，
左臂有大型刺青，
武藝高強。
專門處理林家見不得光的事!?

異眼房東の日常生活 01

目錄

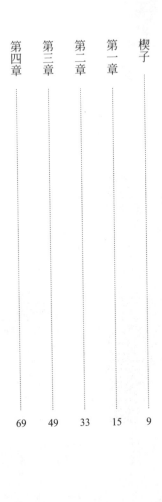

楔子

父親車禍過世後已三個多月，安然逐漸從失去至親的傷痛中恢復過來。

安然自小喪母，一直與父親相依爲命。據父親所言，他與安然的母親是家中獨子、獨女，老一輩的人都不在了，因此安然從小便沒有與其他親戚來往。小時候，每到新年總會聽同學說到長輩家拜年的事，自己卻只有可憐的幾個紅包，所以特別羨慕。

倒是長大後懂的事情多了，知道親戚多也不一定是好事，遇上「極品親戚」更是甩不掉的麻煩。尤其像安然這種單親家庭，更是免不了閒言閒語，親戚多，是非也多。安然反而慶幸只有他們父子兩人，清清靜靜的也不錯。

但父親驟逝，安然發現自己連個能商量事情的長輩都沒有。

雖然在香港十八歲便算成年，但才剛滿二十歲的安然，其實還是個需要長輩扶持的年輕人。然而自從父親過世後，安然便變得孑然一身。還好他高中畢業就出社會工作了，現年二十的他已擁有一份穩定的收入，再加上住所是父親的房產，倒不至於太徬徨。

父親存放在銀行保險箱裡的東西不多，只有他們住處的房契，以及一些泛黃相片，金飾等貴重物品卻是一樣也沒有。

因爲東西並不多，安然花不了多少時間便把保險箱裡的東西清點完畢。他決定將房契繼續存放在銀行，相片則取回家，反正請了一天假，便打算趁下午空閒時細看一番。

安然回家後沖了一杯咖啡，邊喝邊悠閒地翻看這些從保險箱取回的舊相片。這些相片已有些年代，全都是安然父母的合照，其中還有幾張兩人穿著婚紗及西裝的相片。

也許是父親不想觸景傷情，家裡從不擺放母親的相片。車禍過世的父親離開得太突然，什麼事情都來不及交代便走了。若不是要整理這些遺物，安然還眞不知道原來父親把母親的相片全存放在保險箱裡。

安然的長相遺傳自母親，和相片中的女子足足有八、九分相像。相片中年輕的父母抱著還是嬰兒的安然，笑得一臉燦爛。安然每一張都看得很仔細，並決定要挑一張全家福擺在客廳。

「嗯？這張相片……」安然翻著相片的手倏地停止，因爲其中有張被撕了一半的相片。

相片中是名年約十多歲的少年，雖然相片的右半邊已被撕毀，但仍能從畫面上殘留的衣角，看出這是一張兩人合照。

讓人意外的是，這名少年與安然長得幾乎一模一樣！

要不是這張泛黃的相片有著明顯歲月留下的痕跡，安然幾乎要以爲相片中的人是自己了。

這名少年到底是誰？安然長得與父親不太相像，這名少年怎麼看都不會是年輕時候的父親，難道是母親那邊的親戚？

而且，原本站在少年身邊的人到底是誰？

就在安然一臉疑惑地端詳相片時，忽然感到渾身一寒，一種被人竊視的感覺從

背後傳來。這種難以言喻、無法用科學來解釋的感覺愈發強烈，即使明知道家裡只有自己一人，仍不由得回頭察看。

結果這一看眞眞不得了，他背後竟然站著一個長相與自己一模一樣的少年！

安然嚇得心臟怦怦亂跳，隨即想也不想便一臉慌張地奪門而出！

安然把大門用力關上——用甩的，並沒有停下步伐，而且一口氣跑下樓梯、衝出大街後，才心有餘悸地抬頭看著位於三樓的自家住宅。

「剛才那到底是什麼？」冷靜下來後，安然回想剛剛看見的景象，即使在正午的烈日照射下，還是不由自主地感到滿身寒意。

安然可以肯定剛才所見絕不是他眼花，也排除有人惡作劇的可能性。雖說他從小到大總是大小意外不斷，偏偏卻有著讓人羨慕的好運氣，能以奇特的方式逢凶化吉，甚至還因此成了工作領域的名人了。但在這二十年的人生中，他還是首次遇見來自靈界的好兄弟！

「大白天也會遇鬼嗎？而且它竟然跟我長得那麼像……那個人絕對不是『我』，難道……難道他是剛剛那張相片中的人？」

異眼房東の日常生活

第一章

在安然深呼吸，試圖讓自己冷靜下來之際，冷不防被人從後方狠狠拍了一下肩膀，這讓本就驚魂未定的他很丟臉地發出慘叫聲。

「劉天華！我說過很多次，不要這樣子嚇人！」安然不高興地回頭瞪了惡作劇的青年一眼，可惜劉天華熟知安然的好脾氣，根本就不當一回事。反正他用相同的方式嚇過對方許多次，也不見安然哪次眞的生氣。

雖然安然一副凶神惡煞的模樣，但劉天華卻覺得這個老是栽在同一種惡作劇的安然實在可愛得很。

在安然的瞪視下，劉天華甚至毫無壓力地抱怨道：「又不是第一次了，你的反應用得著這麼誇張嗎？我都快被你嚇死了！」

看到劉天華不痛不癢的賴皮樣，安然也只能搖頭苦笑，罵也不是、打也不是。

香港這座國際大都市寸土寸金，不少居民厭倦了擠迫的居住環境，近來更是吹起一陣「村屋」熱。有別於一般高樓大廈，村屋每層只有一戶人家。不單每層都有露台，而且一樓大多附帶花園或車位，三樓則連接著私人天台，非常實用。因此愈來愈多人喜歡位於郊區、坪數大的村屋。而屋苑式村屋還有管理公司、管理員負責管理，更是把人們對村屋的傳統觀念——髒亂、冷清、危險等負面印象推翻。

屋苑式村屋每棟只有三層樓，每層樓有一戶人家，因此鄰里關係與每棟至少百多戶的高樓大廈相比，自然是緊密得多。這位名叫劉天華的大學生，正是住在安然樓下的鄰居。由於兩人年紀相近，關係一向不錯。

安然更是少數知道對方除了大學生外，另一個不為人知身分的人……

「你一副心不在焉的樣子，呆站在大門外做什麼？我剛剛叫了你好幾聲，你卻完全沒聽見。依我看，施主你印堂發黑，一臉憂心忡忡，近日必有災禍。說起來，你能認識本道爺還真是上輩子修來的福分！只要些許錢財，我便能為你消災解厄，包準有鬼驅鬼，無鬼……」

安然果斷地打斷對方無休止的自吹自擂，道：「停！現在才月中，你怎麼就把主意打到認識的人身上啊？難道這麼快便把生活費花光了？」

這個外表人模人樣的大學生，其實還有個驚天地、泣鬼神的身分——神棍！

劉天華不但沉迷於靈異事件，更把所有精力放在鑽研風水命理、驅邪捉鬼。大學之所以選修建築學，也是因為這一科能夠融入風水學。

因爲總是神祕兮兮地沉迷在奇怪的東西，天華與家裡徹底鬧翻了，一怒之下搬離家裡，硬是佔據爺爺名下一間空置的住宅。這個厚臉皮的傢伙甚至還以此爲大本營，當起無牌經營的神棍勾當以賺取生活費，每天都在赤字邊緣苦苦掙扎求生存。

對劉天華來說，最值得慶幸、同時也是他之所以能堅持著沒有屈服回家的最大原因，便是唯一支持他往風水命理方面發展的姊姊，每月都會匯一些生活費給他，雖然數目不多，單靠這些錢根本無法維持生活。但有了這些錢，再加上努力工作，至少不會餓肚子。

「唉，生意不好啊！再找不到老闆供養我，便要吃樹皮了。」

安然滿臉黑線道：「還找老闆耶！你是夜總會小姐嗎？」

「你們站在大門前說什麼？誰要吃樹皮這麼可憐？」溫柔的輕笑聲從兩人身後響起，回頭一看，一名溫婉的女子正笑盈盈地站在兩人身後。

女子名爲郭雨玲，是與兩人住同一棟村屋的鄰居，也是三人之中最先住進這個屋苑的人，算是屋苑的老住戶了。郭雨玲性格溫柔並且樂於助人，對安然、劉天華素來照顧有加，因此兩人都喚她爲雨玲姊，把她視作親姊姊般尊重敬愛。

想不到剛才那番話竟被郭雨玲聽到，劉天華即使再厚臉皮也不禁滿臉通紅，在女子戲謔的目光下，吶吶地不知道該說什麼才好。

看到對方的窘態，郭雨玲善解人意地沒再追問下去。只見女子揚揚手中的塑膠袋，笑道：「我正要準備晚飯呢，不介意的話，你們過來一起吃吧。今天我買了材料煲湯喔！」

聽到有飯吃、還有湯喝，劉天華雙眼立即精光一閃，卻又偏要故作矜持地道：「那、那怎麼好意思呢？要知道安然一向有大胃王之稱，而且最愛吃肉，那可是半小時便能夠把一座小山大小的肉山吃光的程度……」

安然一掌往劉天華後腦勺狠狠拍下去，道：「你自己想吃肉就直說，別把我拖下水！」

「我沒有胡說！這是我親眼所見！」

「不可能！在哪兒？」

「在夢裡。」劉天華回答得理直氣壯。

「……」

在旁笑盈盈看著兩人打鬧著的郭雨玲笑道：「沒關係，我買了不少肉呢！包準讓你們吃得飽飽的。」

聽到郭雨玲的話，劉天華立即一臉狗腿地衝上前，道：「我就說雨玲姊最好了。誰娶了妳，眞是幾輩子修來的福氣呢！來來來，這些東西我拿就好。」

郭雨玲哭笑不得地搖搖頭，沒有拒絕劉天華的幫忙，把手上的重物全交給對方後，便從口袋拿出鑰匙打開大門。

「啊！」

忽然從背後傳來的驚呼讓女子動作一頓，疑惑地回頭詢問：「怎麼了？安然？」

劉天華也被身旁人突如其來的驚叫聲嚇了一跳，道：「忽然鬼叫什麼啊!?」

被兩人盯得有點不好意思，安然尷尬地伸手搔了搔臉，道：「抱歉……剛剛看到雨玲姊開門時我忽然想起，我出門時忘記帶鑰匙了。」

選擇村屋的人不少是喜歡大坪數，或是享受這遠離都市的寧靜。

但這種寧靜，有時是需要代價的。

就像此刻忘記帶鑰匙出門的安然，便因四周根本沒有五金行，請的開鎖師父要一段時間才能前來。若不是郭雨玲招待他進屋吃飯，只怕他便要在街上呆等了。

「所以我說你這人怎麼那樣老實啊？只是差一樓而已，從我家陽台爬進去就好啦！」晚飯後，劉天華以「不允許孤男寡女獨處一室，以免安然獸性大發變身色狼」為由，硬是賴在郭雨玲家。個性溫婉的郭雨玲見狀，也只是笑了笑，並沒有多說什麼。

看著邊用牙籤剔牙邊看電視，悠然自得彷彿自己才是主人的劉天華，安然在心裡暗暗鄙視對方的厚臉皮，道：「無論如何，爬窗太危險了，等一下又不會怎樣，而且我也不想把窗子弄破。」

劉天華聞言，滿臉黑線地揮揮手，道：「算了，我與你這種過分認真老實的人沒有共同語言，難道你不覺得爬窗很刺激嗎？」

「不覺得。」

「……」

郭雨玲微笑聽著兩人的對話，輕笑道：「幸好安然留下來了，想不到你的廚藝那麼好，有你當助手幫忙，煮出來的菜特別好吃呢！」

聽到郭雨玲的話，劉天華也意猶未盡地舔舔嘴唇，道：「說眞的，想不到你煮東西味道還滿不錯的，該不會是爲了泡妞才學的吧？」

安然翻了記白眼，實在不明白爲什麼好好的事情，經過劉天華的嘴巴後總會變質。他道：「母親早逝，家裡只有我和父親兩人，總要有人負責家事，因此我從小便會煮簡單的料理。天華你自己一個人住，應該也懂一些簡單的料理吧？」

「才不！君子遠庖廚，我平常都是出去吃的。」劉天華說得一臉理所當然。

安然大汗，道：「你直說自己懶惰吧！還什麼君子的……別亂往自己臉上貼金。不過每天都出去吃，你有那麼多錢嗎？」

不是安然看不起對方，而是他實在太清楚劉天華的財務狀況了。這個人說白了就是個月光族……不！說他月月清也太抬舉他了，他的收入就像女人的生理期，每月只有一次，一星期便沒了。

劉天華一臉自傲地說道：「當然沒那麼多錢，但不是還有杯麵這種價廉物美又不用洗碗的東西嗎？」

安然已經不知道該說什麼才好了。他可以肯定這個人繼續以這種生活模式活下去，一定會短命的！

「好過分！你的表情好像在說『你這種人一定會早死』。」

「……閉嘴！你是蛔蟲嗎？」

劉天華眼裡的笑意更深了。這個人笑的時候，雙眼會變得像星星般閃閃生輝，整個人都充滿了笑意，讓旁人也不禁心情輕鬆起來。這也是爲什麼他雖然總愛胡言亂語，但安然卻不曾眞正對他生氣。

郭雨玲被兩人的互動逗得掩嘴而笑，隨即站起來，道：「安然，你們就邊看電視邊等吧！看時間，開鎖的師父也差不多快到了。」

安然拉住正要收拾碗筷的郭雨玲，道：「這種事讓天華做就好了。」

「喂喂！」安然的話立即惹來對方不滿的叫喊聲。

然而青年的抗議卻只換來安然赤裸裸的鄙視：「菜是雨玲姊買的，飯是我們兩人煮的，碗筷交給你洗並不過分吧？」

「……算你狠！」

劉天華垂頭喪氣地步入廚房之際，忽然像是想起什麼似地，抓起放在沙發上的背包，並從中取出一條項鍊。

那是一枚用深棕色皮繩簡單串起來的黑色水晶。水晶呈橢圓形，晶石光滑亮麗，光線映照在表面時竟凝聚成星星的形狀，明亮的星光在晶石漆黑的色澤襯托下，變得更加明顯。

安然不確定地詢問：「這是……黑曜石？」

劉天華無力地嘆了口氣，道：「就知道你會這麼說……門外漢就是門外漢啊！看見黑色水晶就說是黑曜石。」

郭雨玲饒有趣味地打量青年手上的吊墜，道：「我知道！這是黑色十字星，也就是人們所說的黑星石對吧？難得上面的星光凝聚得那麼漂亮，折射得閃爍亮麗，這顆水晶的質地很不錯呢！」

劉天華向女子豎起大拇指道：「還是雨玲姊懂得多，不像某些人，無論是黑瑪瑙還是黑隕石，只要是黑色石頭，便一股腦兒地說是黑曜石。要知道就算是黑曜石，也分很多不同的種類。」

郭雨玲彈了彈青年的額角，道：「你別欺負安然了，女生大多喜歡水晶首飾，對這方面的知識或多或少總知道一點。安然是男生，不知道也不足爲奇啊！」

劉天華一臉不平地嘀咕道：「怎麼每個人都喜歡護著他？他明明沒有我長得帥，也沒有我風流倜儻。」

安然嘴角一抽。他看過自戀的人，卻沒見過自戀得這麼徹底的。就連郭雨玲的表情也不禁古怪起來。

受不了對方自我感覺太良好，安然打斷劉天華的自吹自擂，道：「你拿出這條項鍊，就是爲了炫耀你的水晶知識？」

「當然不是！我有這麼無聊嗎？」

「……抱歉，我覺得你這個人就是如此無聊。」

聽到安然的話，郭雨玲忍不住「噗哧」笑了出來。

劉天華一臉冤枉地大聲嚷嚷：「好過分！我眞的有很嚴肅的話要說。安然，我先前說的話不是開玩笑，你的氣色眞的不太好。不！是很不妙的那一種。黑星石能夠避邪擋煞，而且這吊墜還經過高人開光，戴在身上可以保平安。」

安然看著青年手中的黑星石沉默不語。就在劉天華猜想對方是不是被自己的舉動感動得說不出話來，正想要說點什麼來活絡氣氛之際，安然卻開口說道：「劉天華，你竟然向熟人下手，你最近真的那麼缺錢嗎？」

劉天華發誓，那一刻他眞的很想殺人。

看到對方瀕臨暴走的神情，安然趕緊安撫道：「呃，別生氣，我也只是隨便問問。因爲你說我的氣色很差，可是我不覺得有什麼差別。」

劉天華一臉傲氣地解釋道：「那當然，看相是專業技術，不是誰都能看得出差別的。」

取過劉天華極力推薦的護身符把玩一會兒，安然不禁想起剛剛在家裡遇上的靈異事件。雖然對水晶的功效存疑，可是存著買回去求個心安也不錯的想法，安然還是詢問了價格。

「大家那麼熟，打個八折給你。友誼價兩千。」

「好貴！」

「不貴啦！黑星石的價格本就比黑曜石與黑瑪瑙高，而且那麼大、星光又突出的晶體就更加少見了。何況為了替這枚水晶開光，我可是特地求了一位高人幫忙，本打算拿來賣個好價錢的啊！」

見劉天華說得可憐，安然又一臉懵懵懂懂的樣子，郭雨玲也湊過來解釋：「這價格其實也不算貴，近年來水晶愈發流行，整體價格漲了不少；而且這麼好的質地在外面是有錢也未必能買到。再加上開光附加的價值，兩千其實也算合理的價格了。」

聽到有人為自己說話，劉天華頓時有種「士為知己死」的感動，道：「就是啊！就是啊！外界所說的『開光』，大都只是象徵性地在神壇前繞兩圈。我這吊墜可不同喔！是眞的有功效。」

聽了兩人的話，安然倒是眞有點心動。雖然他經常取笑劉天華是神棍，但安然還是信得過對方的為人。再加上這顆晶石很合他眼緣，身邊也確實發生了古怪的事，於是安然最終決定把水晶買回去。

「我身上沒帶那麼多錢，明天再給你行嗎？」

「可以。」劉天華爽快地答允下來，並阻止對方想立即把項鍊往身上戴的動作，要求安然晚上十點才把晶石戴上。

安然好奇地盯著手中的水晶，道：「連佩戴的時間也有限制嗎？」

「也不是說非要在哪個時辰把它戴上不可，只是既然不急，就待吉時再佩戴吧！」

看劉天華說得煞有介事，安然也就不再堅持。反正就如對方所說，要佩戴也不急於一時。

□

開鎖師父的技術很好，迅速地將鎖打開了，還順道向安然推薦一些新式電子鎖。安然考慮到從此就要開始一個人的生活，正想提升住宅防盜安全，於是二話不說地買了一套。

能夠多做成一筆生意，老師父顯然很高興，隨即再次以安然驚佩不已的速度安裝好新的門鎖。

老實說，關上家門時，安然還是有些陰影，尤其現在屋裡只有他一人。即使不計算頂樓，二十多坪的空間一個人住實在太大了點，冷冷清清的毫無生氣，這讓安然生出出租房間的念頭。

愈想愈覺得出租這個想法可行，他一個人住，根本用不著那麼大的地方。而且有人同住的話，萬一再出現靈異事件，也能一起分擔吧？即使對方無法幫上忙，至少可以陪他一起受驚嚇嘛！

懷著不單純的動機，安然下了要分租房子的決定。

返回父親房間，一張張泛黃的舊相片散落在地上。安然有點緊張地東張西望，確認房內沒有異狀後才開始收拾起地上的照片。之後青年的膽子漸漸大起來，把其他相片收回木盒後，獨獨留下那張被撕去半邊的相片，仔細打量起來。

雖然鬼魂出現時，安然只是匆匆一瞥便嚇得奪門而出，可是他依然清楚記得那個虛幻蒼白的身影有著一張與自己一模一樣的臉。

綜合事件發生的前後，安然憶起那時他正好在看這張奇怪的合照，相片中人又正好有著與自己極其相似的容貌，顯得很耐人尋味。

會不會那個出現在他家的幽靈，正是相片中少年的亡靈呢？

異眼房東の日常生活

第二章

戴上劉天華極力推薦的項鍊後，安然並不覺得自己的運氣有明顯改善。反倒是自從看到那個與自己長相極為相似的少年鬼影後，體內便像打開了某種開關似地。往後數天，安然陸續看到一些奇怪的東西，有些與普通人差不多，有些只是模糊的白影，有些就連人類的形態也沒有！

有時，他們會一直停留在某個地方，但大多都是倏地出現，又突然消失無蹤。即使過了數天，安然仍不習慣這種新生活。應該說，他覺得無論經過多久，「見鬼」這種事是不會有習慣的一天。

無論看過多少次，他還是覺得好可怕啊！

腦海裡想著這幾天不可思議的經歷，安然走進位於商業大廈的公司，冷不防被人拍了拍肩膀，一看是會計同事敏兒。「早安。」

安然工作的公司，廠房皆設在大陸，因此老闆經常不在香港。一星期五天工作日，至少有四天公司都是「無政府狀態」。再加上現在正處於新年後的空閒期，同事們上班的時間便更為「彈性」了。

這正是小公司的好處，自由度往往比較大，不像大公司般嚴謹。而且由於人數不多，同事間的關係較緊密，勾心鬥角的情況也較少出現。

安然所屬公司只有三十多名員工，其中又以女性佔大多數，簡直可以用陰盛陽衰來形容。把安然計算在內，全公司就只有五名男同事。

安然的年紀是全公司最小的，加上性格乖巧老實，看起來就是一副完全沒有任何攻擊性的樣子，深受公司一眾女性喜愛，說是集三千寵愛於一身也不爲過。

同事之中與安然關係最好的，便是年紀只大他一歲的敏兒。敏兒雖然有點八卦，但爲人沒有什麼心機，安然比較喜歡與簡單一點的人當朋友。

離公司還有一段路程，兩人邊走邊聊，敏兒問：「先前你不是提過，一個人住房子太大了嗎？有沒有打算把房間租出去？我有個朋友在你們那區當房屋仲介，有興趣可以介紹給你喔！」

「謝謝，不過不用了，多出來的房間連同頂樓已經租出去了。」

「咦！那麼快？你放出租訊息應該沒多少天吧？」

其實安然也沒想到這麼快便成功找到房客，只能說房屋仲介果然很有效率，沒幾天便替安然把出租的兩個房間租出去。

一般村屋出租，爲了獲得最大利益，屋主大多會把屋內格局重新規劃，改建成多個約三坪的獨立空間，俗稱「劏房」。可是安然卻捨不得讓這個充滿與父親一起生活回憶的家有太大變動，因此選擇只把多出來的房間及頂樓租出去。

至於頂樓加蓋是否違法，安然卻不管了。反正大家都是這麼做的，誰不想活用頂樓那麼大的空間？正所謂罰不責眾，真的收到拆除通知再說吧！

比較有趣的是，安然至今仍未看過將與他合住的房客到底長什麼樣子，因爲來看房子與簽約的人並不是房客本人，而是房客的大哥。

這位名爲林勇的大哥年約二十六、七歲，與那聽起來便覺得勇猛的名字相反，是一名溫文儒雅的青年，說話溫和有禮、風趣幽默，很快便獲得安然的好感。甚至讓身爲獨子的安然，不禁暗暗嫉妒起那兩名素未謀面的房客。

他一直很想要一個哥哥啊！一看這位林大哥，就知道他是個疼弟弟的人。別的不說，現在哪有哥哥會那麼親力親爲地幫弟弟解決租屋問題？要知道這在寸土寸金的香港，可是個沒完沒了的民生問題！有多少大學畢業生愁白了頭髮，就只爲存一份買房的頭期款？

因此雖然沒有與眞正的房客見過面，但由於林勇給他的感覺很不錯，安然還是爽快地決定把頂樓與房間租給他。當然對方不知道的是，安然之所以如此爽快，主要還是他因爲那突如其來的陰陽眼而成了驚弓之鳥，滿心只想盡快找個人來陪他過夜……

簽約時，是安然與林勇第二次見面。

這一次，林勇不再穿著休閒服，而是改爲穿著價值不菲的西裝從名車步出，完全是一副成功人士的樣子。

安然承認自己眞的很膚淺，只因林勇改了一身裝扮，便讓他覺得對方具有特別的氣場，或者說……光是這個姓林的男人一身價值非凡的名牌西裝，已讓安然充分明白什麼叫作王八之氣。

擅長察言觀色的林勇，很快察覺到了安然的侷促，於是特地挑了些他會感興趣的話題來緩和氣氛，當中更出賣了不少自家兩個弟弟——也就是將與安然同居的林鋒與林俊的資料。

聽到林家老二的名字時，安然愣了好一陣子，畢竟那與某位紅極一時的男藝人同名同姓。看到安然古怪不已的表情後，林勇這才笑道：「是金字邊那個『鋒』，不是山峰的『峰』。我爺爺是特種兵出身，一身武力著實驚人。老人家厭文喜武，希望家裡的孫子能夠有人繼承他的衣缽，因此才替我這個長孫取了『林勇』這名字。可惜我志不在學武，著實讓家中長輩失望一番。於是第二個孫子出生時，老爺子便再接再厲地取了『林鋒』這個名字，其實父親並不喜歡，認為『鋒』字鋒芒太露，然而拗不過老爺子，最終只好屈服了。」

安然想問：這次你爺爺如願了嗎？不過想到現在年代不同了，有多少年輕人願意花時間、精力來學武？考上大學、多取幾張文憑才是王道。

再想到林家老三那個與武者完全扯不上邊的名字，大概是那位老爺子經歷兩次失望後終於放棄了吧？

這可能是老人家心裡的痛，因此安然識趣地沒有再追問下去。

據林勇所說，林鋒是個非常沉默的人，對於不熟悉的人來說有點難相處。三弟林俊性格開朗，卻有點少爺脾氣，不過本性不壞。林勇還笑道，要讓他來形容的話，自家三弟就是個「傲嬌」。

安然聽過林勇的描述後，與其說驚嘆於對方會說出「傲嬌」這種潮語，倒不如說他更擔憂將來的同居生活。當時他是因爲林勇看起來不錯，才爽快地把屋子租出去，可是現在聽他的形容，怎麼兩個弟弟的性格好像一個比一個還難相處？

林鋒這個悶葫蘆也罷，可是那個傲嬌老三……安然實在不想與一個被寵壞的大少爺一起生活啊！

「我弟弟拜託你照顧了。」看著林勇滿面笑容，安然有種上了賊船的感覺……

□

「聽起來滿有趣的啊！」聽過描述後，安然苦惱的模樣逗得敏兒嬌笑連連。

對於損友的幸災樂禍，安然不滿地抱怨道：「妳覺得好玩，我倒是擔心死了。聽林大哥的形容，無論哪一個都不是好相處的，偏偏他們一口氣就簽了一年的租約耶！現在我開始有點後悔把房間分租出去了。」

敏兒咯咯笑道：「看你被那個林大哥嚇的……我覺得你太杞人憂天了。先不論那兩人是否眞的難相處，我倒覺得沒有安然你相處不來的人。」

敏兒這番話倒不是單純出於安慰或恭維。安然外表雖然不算出色，可是清清秀秀的讓人看得順眼，而且給人一種很乾淨的感覺，總會讓接觸他的人不自覺放下戒心、想要與他親近。再加上安然個性老實，也很有禮貌，大家都不禁把他視作鄰家弟弟般疼愛。

兩人閒聊間很快便步入商業大廈，由於公司的上班時間較自由，兩人避過了最繁忙的時段，沒等太久電梯便來了。

然而當電梯大門緩緩打開之際，正與敏兒說話的安然，眼角瞄到電梯內部後，聲音倏地停止，步入電梯的步伐也頓時僵住了，站在電梯門前進也不是、退也不是。

明明燈泡全都運作良好，可電梯內的光線不知爲何比平常黯淡不少。一名高眺的男子背對電梯門，站在右邊角落的位置，詭異的場景給人毛骨悚然的感覺。

按理說電梯到達大廳時，裡面的人應該會全數走出來才對，可是這人卻動也不動，只是詭異地面牆站在角落。再加上電梯內部突如其來的寒意與變得昏暗的燈光，經歷過幾次見鬼經驗的安然，立即察覺到自己又看到一些不該看到的東西了。

要是只有安然獨自一人，他一定立即退出去，絕不會搭乘這電梯。可是現在他與敏兒同行，明明一隻腳都已踏進去，現在如果突然退出去也太唐突了點。安然並不希望自己擁有陰陽眼的事情被別人知曉，他只想低調過日子，不希望變得太惹人注目。

除了他與敏兒以外，尾隨在他們身後的還有兩名白領，應該……不要緊吧？

「安然，怎麼了？」正奇怪安然怎麼突然停下，敏兒拍拍對方的肩膀。

「沒什麼。」安然搖頭應了敏兒一聲，並在心裡暗暗爲自己打氣後，便硬著頭皮走進電梯。

剛踏進電梯，安然立即感覺到刺骨的寒意。看到另外三人也起了一身雞皮，他知道這股寒意並不只有自己感覺到。

敏兒抱怨道：「這電梯的空調未免開得太強了吧？」

安然自然知道不關空調的事，卻無法向對方說明，只得含糊地應了聲，並選了離靈體最遠的位置站。

安然所屬公司位於大廈十四樓，另外兩名白領分別按了十八與二十三層的按鈕。在這短短幾分鐘，安然與敏兒有一搭沒一搭地聊著，暗地裡卻一直用眼角餘光偷瞄那道面壁的奇怪人影。

也許是察覺到安然心不在焉，敏兒很快便停止對話，電梯頓時陷入一片寧靜。對安然來說，雖然只是短短一、兩分鐘，卻像經歷了一輩子那麼漫長。

終於「叮」的一聲，電梯門緩緩打開，安然立即迫不及待地想往外跑，卻被敏兒眼明手快地一把捉住，道：「等等！還沒到呢！」

「怎麼了，不是我們最先出去的嗎？」安然愕然地抬頭看向電梯門上方的顯示螢幕，卻發現代表樓層的數字中，燈光正停在「7」上。

那名要到十八樓的男子，一臉奇怪地探出上半身，往外面的走廊看去道：「奇怪，走廊上沒有人。」

見狀，眾人也不以為然。既然外面沒人等候，便把電梯門關上。怎料門卻一直處於開開闔闔的狀態，就像有什麼無形的東西正阻擋在兩道門扇中間。

此時，安然看到詭異背對著眾人的男子忽然動了！

那瞬間，時間彷彿突然變得緩慢，男子在安然驚異的注視下，以非常慢的速度轉過身子，他終於看清楚男子的長相。

男子有張平凡而蒼白的面孔，無神的雙眼完全沒有對焦。最嚇人的是，他從咽喉至腹部有著一條長長的刀痕，翻開的皮肉中，卻看不見應有的內臟，只剩下一個血淋淋的空洞……

「嗚……」安然死命摀住嘴巴，深怕自己會忍不住吐出來。

男子轉過身後，便站在原地一動也不動，隨即無神的雙眼逐漸把焦點定在安然身上，在安然被對方盯得頭皮發麻之際，這個恐怖的靈體突然「砰」的一聲燃燒起來！

雖然一直告誡自己要淡定、假裝什麼都沒看到，但安然終究還是被嚇得大叫一聲，拉住敏兒慌忙往旁退開。

敏兒被安然的動作嚇一跳，隨即發現對方的手心全是冷汗。她往一旁看去，驚見安然臉色發白，整個人搖搖欲墜，敏兒頓時慌了起來，道：「安然，你怎麼了？

你別嚇我啊！」

安然沒空理會驚惶失措的敏兒，警戒地盯住突然自焚的男子，深怕被那猛烈燃燒的火焰波及。雖然感受不到這些火焰的炙熱，可是他也不敢確定這些火焰是否眞的對人體無害，還是小心爲妙。

渾身著火的男子很快在安然眼前燃燒殆盡。危機過去後，安然才注意到電梯內所有人都驚疑不定地望著自己。敏兒一臉焦躁擔憂，另外兩名男子卻是驚訝而畏懼，活像看見神經病。

對此安然也只能苦笑，他知道自己剛剛的反應像個瘋子，也怪不得別人這麼看自己。

「安然，你不舒服嗎？現在好一點沒？」敏兒對突然發出驚叫聲、隨即用力將她拉到一旁，正如臨大敵地盯住電梯角落的安然，憂心不已。

「抱歉，我沒事……」

就在兩人對話的同時，其中一名男子忽然指向電梯角落驚叫：「那是什麼!?」

順著男子所指的方向看去，眾人不約而同地心裡一寒。

電梯角落，一道人形的燒焦痕跡像是化開的墨漬，逐漸浮現在眾人眼前。

「安然，剛才你是因爲看到什麼，才把我拉開的嗎？」敏兒顫聲詢問。

沒有回答女子的疑問，安然一臉凝重地說道：「按警鈴呼叫保全上來吧！這部電梯我們就不要使用了。」

安然拉著敏兒率先走出去，見狀，驚慌失措的兩名男子也慌忙尾隨離開這詭異的電梯。

一行四人呆站在走廊等待保全到來，更惹來位於七樓物流公司的接待員出來詢問：「發生了什麼事嗎？」

接待員作爲公司門面，聘請的大多是年輕貌美的女性。這位也不例外，恰到好處的淡妝襯托得本就不錯的容貌更加出色，得體的衣著再配上一雙修長美腿，是讓人眼睛一亮的美女。

可惜驚魂未定的眾人沒有看美女的心情，聽到女子詢問，皆心有餘悸地往電梯內指了指。

看到那人形焦黑痕跡時，接待員也嚇了一跳。想不到每天搭乘的電梯，竟然出現這麼怪異的事情。

何況電梯門怎麼都關不上，而且還是發生在自己工作的樓層。雖然沒有親眼目睹焦痕出現的詭異場面，但接待員仍覺得心裡毛毛的。

「啊！這位先生，你的衣服髒了。」有點心驚地把視線從電梯中移開，接待員發現安然的背部有一抹深灰色痕跡。

「嗯？哪裡？」

安然看不到自己的背後，敏兒便伸手替青年拍拍背部的污漬，道：「也許是剛剛不小心碰到電梯角落的灰燼吧？糟糕，怎麼愈拍這些污漬愈是化了開來……抱歉，可以借洗手間一用嗎？或許用水洗一洗比較好。」

接待員友善地笑道：「當然可以。幾位也進來坐一會兒吧！」

聞言，眾人連聲道謝：「那眞是太好了！」興高采烈的模樣惹得接待員莞爾一笑。

眾人之所以這麼高興，倒不是因爲眞的站得累了，主要是眼前這半開闔的電梯給人的感覺實在太陰森，誰也不想一直站在旁邊。何況空調不足的走廊雖說不上很熱，但也有二十七、八度，當然沒有辦公室裡那麼舒適涼快。

接待員打開公司大門，指示安然洗手間的方向後，便回到工作崗位；敏兒等人則坐在接待處旁的凳子等候。

「怎麼了？」其中一名男子感到臂膀被身邊的人拍了一下，疑惑地看去。

拍人的男子猶豫片刻，這才不確定地小聲詢問：「剛才……那個人好像從未接近出現焦痕的電梯角落吧？」

男子聞言愣了愣，立即仔細回想，兩人從對方眼中不約而同看見了名爲「恐懼」的情緒。

那個叫作安然的年輕人不但從未接近出現污漬的角落，更是在焦痕出現時拉著同伴率先遠離，那他的背部怎麼會沾染灰燼？

再來，雖然他的同伴很快便伸手拍掉他背部的灰燼，但兩人愈是仔細回想，便愈覺得那道污漬根本是個手掌的形狀！

從一開一闔的電梯門縫中，仍能看見那恐怖的人形焦痕。兩人只覺得身邊的氣溫似乎驟然下降似地，感到遍體生寒，立即轉過身去，不敢再看背後的景象了。

異眼房東の日常生活

第三章

爲了展現上下齊心的氣氛，不少公司喜歡在接待處掛上一些員工合照，這間位處七樓的公司便是其中之一。

安然處理過身上的污漬後，閒來無事便看了看這些員工合照，場合大多是公司的開幕典禮、週年晚會、聖誕聯歡會等大型活動。

牆壁上的合照不算多，安然很快已看過一遍。當安然看完照片後，一改先前隨意的態度，神情變得凝重起來。

「小姐，請問這一位是？」

安然伸手指了指合照的其中一名男員工，這是名身材高䠷的年輕人。雖然照片中的人並沒有印象中的蒼白臉色，也沒有那道從咽喉開至腹部的可怕創傷，但安然仍一眼認出他正是站在電梯角落的那人！

接待員沒有答話，只是一臉疑惑地盯著安然看。看到女子的神情，安然知道剛才的發問太突兀了，立即補充道：「他有點像中學時一個很照顧我的林姓學長，所以我想問看看會不會眞的是認識的人。」

接待員聞言笑道：「原來如此，他是我們一位姓王的同事，這麼說來並不是你的學長了，也許只是長得相似吧？不過這個人的際遇還滿離奇的。聽說他一直與母親相依為命，後來母親早逝，高中畢業便早早出來工作。沒想到時來運轉，數個月前他身處大陸的土豪父親竟然親自找來香港。原來是對方的元配一直生不出孩子，結果他這個舊情人的孩子便成為繼承人，真是羨煞旁人啊！」

見接待員一臉羨慕地說著同事的曲折命運，安然卻在心裡暗暗嘆息。他很想告訴接待員，根本不必羨慕對方，只因這個男人並不如她想像般幸運。

如果他真是那個出現在電梯裡的鬼魂，那麼，這個人也許早已不在人世，而且還以那淒慘可悲的模樣離世了！

五人在接待處等了一會兒，很快便看見保全蔡叔搭上其他電梯來到七樓。

這位老人是名退役警官，為人和善健談，有著閒不下來的性格。作為已經退休的公務員，他根本不用為錢煩惱。只是受不了退休後無所事事的生活，才找了一份管理員工作，為社會發揮餘熱。

看到電梯裡的怪異痕跡時，饒是老人見多識廣，也不禁心裡一突。對蔡叔來說，接觸凶案現場什麼的已是家常便飯，老人一眼便看出這道燒焦的人形痕跡並不是用油墨等僞裝成的惡作劇。他甚至能從空氣中嗅出一種人肉燃燒後的獨特氣味。

可是仔細察看焦痕位置，卻沒有發現任何油脂殘留在牆壁上，再加上安然等人異口同聲證實焦痕出現時，那個位置根本沒有任何人。

百思不得其解，蔡叔也就沒深究下去，只是把電梯封鎖起來，道：「我會通知維修人員盡快過來看看，電梯門無法關上，大概只是些小故障吧。至於這個燒焦的痕跡……我也會通知清潔工人盡快洗刷掉，不過今天大家是無法使用這部電梯了。另外爲了安全起見，其他電梯也要進行檢查，這段時間請大家走樓梯上樓。」

聽到蔡叔的話，反應最大的人無疑是公司在二十三樓的那位，這表示他還要再爬十多層樓梯！

「安然，你剛剛在電梯裡看到了什麼對吧？」敏兒小聲詢問。安然在電梯內表現反常時，她並沒有往那方向去想，只是以爲對方身體不適。直到焦痕出現，再回想對方的反應，以及一連串奇怪的事情，讓敏兒不得不懷疑在那個燒焦的人形出現以前，安然受驚似的怪異舉動，是不是因爲看見一些他們看不到的恐怖東西。

「別在這裡談，回公司我再告訴妳。」安然猶豫片刻後，用同樣細微的音量回答。他原本不打算把事情說出來，但既然敏兒主動開口，瞞著她好像也不太好。雖然那靈體自焚後便消失無蹤，但安然還是不敢在事發地點肆無忌憚地討論。

安然的回答，無異訴說他真的看見「其他東西」的這個事實。饒是敏兒再粗線條，也不禁疑神疑鬼起來。她總覺得背後陣陣發涼，立即神經兮兮地催促道：「好！我聽你的，我們還是快點兒離開吧！」

安然嘴角一抽，心想——我這個看得見的人都沒那麼驚懼，妳這個看不見的人那麼慌張做什麼？

遭敏兒拉住的安然，無奈地被女子死命地拉著往樓梯上衝，青年不禁嘆了口氣，心想我們還有七層樓要爬，一開始就衝得那麼快，絕對會後勁乏力啊……

由於怕嚇到敏兒，安然沒有詳細形容電梯內所見的恐怖場面，也沒有告知對方他突然擁有見鬼能力一事，只說看到一名相貌與那位王姓幸運兒一模一樣的鬼魂，站在電梯內突然自燃。

安然的話引來敏兒的興趣，所有人皆以爲那位姓王的同事回到大陸後已成了富商的繼承人，在那過著紙醉金迷的生活。可是這位讓人羨慕的幸運兒，卻很有可能早已不在人世。

身爲一起工作的同事，總會有一、兩個關係比較要好的，但七樓的那間公司卻沒有任何人收到對方離世的消息?怎樣想，敏兒都覺得事情非常可疑。

敏兒的偵探之魂立即熊熊燃燒起來。

最後還是安然花費整整半小時向女子分析狀況，動之以情（害怕涉及事情而被鬼魂纏上）、說之以理（沒有那位幸運先生過世的證據），好說歹說這才讓敏兒放棄一探究竟的念頭。

到了下班時間，電梯的維修與檢查已經結束，但心有餘悸的安然還是選擇走樓梯。下樓比上樓省力多了，可是逃生通道那曲曲折折的樓梯，卻讓他感到有點暈眩，心裡慶幸還好公司不是位在太高的樓層。

「唉，希望明天上班不會再遇到怪事啊！」下了小巴的安然，滿臉憂慮、心不在焉地步行回家。

從小巴站牌前往屋苑的一段路，會經過一座小公園。這座公園面積不大，只有一片空地、一個小型的鞦韆架與溜滑梯。

即使如此，這座公園仍深受附近孩子的喜愛。畢竟對小孩子而言，光是空地已能夠讓他們玩不少遊戲了。因此每到放學時段或者假日，這座公園都非常熱鬧，學生、小孩在這裡騎單車、踢球與打羽毛球。這些吵吵鬧鬧的小鬼頭總要玩到夕陽西下才願意散去，各自懷著依依不捨的心情回家吃晚飯。

當安然經過昏暗的公園時，聽到一陣皮球的拍打聲。

這麼晚，還有孩子在這裡玩嗎？也太危險了吧？

安然朝聲音來源走去，果真看見一名年約八歲的小女孩站在溜滑梯後方拍打皮球，隨著皮球一下下的反彈聲響，女孩小聲唸著：「八十二、八十二、八十二……」

為什麼每數一下仍是八十二？

一陣不祥的感覺，突然從安然心底生起。

壓下心裡的不安，安然正想告訴女孩別玩得太晚、快點回家時，冷不防被人從後方拍了一下肩膀！

「劉天華！我說過……咦！林先生！」原以爲又是劉天華在惡作劇，想也不想脫口便罵的安然，回頭才發現身後竟是林勇，頓時尷尬地住了口。

看到安然不知所措的模樣，林勇溫文爾雅地笑了笑，道：「抱歉，嚇到你了。」

「不……我剛才把林先生誤以爲是一個朋友，因爲他很喜歡惡作劇，所以才……」安然搔搔臉，想到剛剛自己凶惡的語氣，更覺過意不去。

此時，安然發現那名在溜滑梯旁拍皮球的小女孩不見了，心想也許她回家了吧，也沒有在意，便向林勇詢問：「林先生這麼晚過來，有什麼事情嗎？」

林勇笑著擺了擺手，道：「我這次不是來找你的，只是來探望朋友。說起來還眞巧，那孩子與我家三弟小時候關係很不錯，可是近兩年失去聯絡，想不到竟是搬進這個屋苑。」

安然看著眼前這個說話總是彬彬有禮的男人，心想這眞的只是巧合嗎？只怕林勇替弟弟選擇租住在這兒，也和這個因素有關吧？

雖然林勇一直表現得像個普通商人，可是安然總覺得這個人不簡單。他從骨子裡透露出一種貴氣，言談舉止間有著貴族般的教養。這個人似乎很懂得如何與人相處，總能輕而易舉獲得別人的好感。要不是林勇有著天生的親和力，便是男子在待人接物方面下了不少工夫。

別看安然年輕，他高中畢業便踏入社會工作，除了現在擔任的會計，還先後當過收銀員、房屋仲介，以及售貨員，社會經驗非常豐富，看人可是準得很。

雖然察覺到林勇並不簡單，可是安然卻沒有尋根究柢的想法。人家想要低調是人家的事情，要是深入查探下去，被對方知道說不定誤以爲自己居心不良呢！

兩人閒聊數句後，林勇便告辭了。安然隨即打了個大大的呵欠，快步往自家方向走去。

□

這天是房客搬遷過來的大日子，安然早早便在家裡等待。快到約定時間，安然頻頻往窗外張望，眼睛根本沒有多少時間停留在電腦螢幕上。

安然房間的窗戶正好看得到樓下街道，雖然搬家時對方應該會坐車過來，但安然還是不由自主地頻頻打量著路過的行人，想看看有沒有誰符合林勇的形容，像那兩位將會與他同住的房客。

「嘩！大帥哥！」

安然住在三樓，能清楚見到街道上那名剛剛路過的大帥哥英俊的臉龐。那是一名二十多歲的年輕人，有著一張刀削般輪廓深邃的俊美臉龐，然而臂膀的大型刺青以及銳利的眼神，卻給人一種很不好惹的感覺。

這男人就像頭優雅的黑豹，渾身散發著危險的氣息。他悠然行走於街道上，路過的人卻不由自主地遠離他身邊。於是……他被警察攔截，要求查對身分證！

看到帥哥面無表情地遞上身分證，安然忍不住幸災樂禍地「噗哧」笑了出來。

誰知就在這瞬間，帥哥突然抬頭，眼神與毫無防備的安然對上！

安然嚇得瞳孔一縮，立即退離窗戶，閃出對方的視線範圍！

他也搞不清楚自己的反應爲什麼會那麼大，也許是因爲偷看被人抓包而心虛，或是因爲對方的眼神實在太凌厲了吧？

被那人銳利的眼神一嚇，安然已沒有看風景的興致，於是將注意力放進網路小說。

結果他才剛沉醉在小說的情節中，便傳來門鈴聲響。

抬頭看看時鐘，正好是約定的時間。這讓安然滿意一笑，雖然還不知道能否與對方好好相處，但至少這人還滿準時的嘛！

安然連忙跑至樓下將大門打開，然而當他看到站在外面的人時，差點兒嚇得把大門「砰」的一聲關上！

按下他家門鈴的，竟是剛剛那個瞪他一眼的大帥哥！

這不合理啊！那個人身上連個背包也沒有，怎麼看都不像要搬家的人！

該不會是聽到嘲笑，故意上來尋仇吧？

安然很快地推翻了這個假設，因爲大帥哥當下便喊出他的名字，道：「安然？」

安然驚訝地瞪大雙眼，呆了半秒才反應過來，道：「你是林鋒林先生嗎？」

林鋒點點頭，神情實在酷得不行。

安然看看兩手空空的林鋒，道：「林先生，你的行李……而且，另一位林俊先生呢？」

林鋒遞上身分證證明自己的身分後，淡淡說道：「以後我們便是室友了，你不用那麼客氣，直接喚我的名字就好。我弟弟過幾天才會搬進來，你叫林先生的話，我們也弄不清楚到底在叫誰。」

「呃，好的……」其實安然本來就打算連名帶姓地稱呼對方，到混熟以後便可以改成綽號什麼的，可是林家兄弟實在是一個比一個還有氣勢。大哥林勇一整個成功人士的模樣，不但一身名牌，兩個弟弟租房的租金，更是眼也不眨地一次給了足足一年的份。至於這位大帥哥林鋒，則是渾身高人的氣勢，怎麼看都是一副不好惹的樣子，讓安然不由自主地放下身段，不敢造次。

當初得知林鋒、林俊兩兄弟與自己年紀相若時，安然還曾暗自竊喜。身為獨子的安然，一直很希望能有個兄弟陪伴。

可是現在……安然偷偷打量林鋒那看起來雖然不誇張，卻充滿力量與美感的二頭肌，以及手臂上的大型刺青，不禁暗暗嚥了嚥口水，心想要是自己說錯話，也不知道這雙充滿線條美的手會不會一下子把他的頭擰下來……

想到這裡，安然瞬間立正，一臉恭敬地喚了聲：「鋒哥！」神態活像向黑道大哥諂媚的小弟……

安然很快就知道，爲什麼林鋒沒有帶任何家具行李便來了。

因爲，這個人的東西，全都是新買的！

果然像他這種凡人，完全不會明白有錢人的世界……

安然看著搬運工人把林鋒新買的家具搬進來，除了簡單的床具，還有一大堆健身器材。

見到早已清空的頂樓瞬間變成健身中心，安然已經不知道該說什麼才好……

難怪當初簽約時，林勇特地自費替頂樓換上功能頂極的隔音牆與防震地板，原來是因爲這裡會兼作健身中心嗎!?

見安然一眨也不眨地盯著擺放在頂樓的器材看，林鋒奇怪地挑了挑眉，隨即恍然大悟，道：「你想用的話請隨意沒關係。」

想不到林鋒竟會主動邀請，這讓安然對這名外表冷酷的大帥哥印象大大改觀。雖然並不熱中健身，可是能夠使用這些一看便知道不便宜的器材，對於從來沒去過健身中心的安然來說也是個新奇的體驗。所以聽到林鋒的話後，安然立即欣然說好。

但安然不知道的是，若他平常有到健身中心健身，或是對這些器材有所認識，便會知道這些器材不但昂貴得常人根本買不起，無論是型號還是對使用者的要求也非常嚴苛，還有不少是市面上買不到的。

安然最先嘗試使用的，是台訓練腕力的器材。明明已經設定成最輕鬆的級別，但無論他怎麼拉，用來訓練腕力的兩個拉環還是一動也不動。安然不服氣地雙手並用還是沒有反應後，便跑去找林鋒，告訴他機器故障了，趕快趁著保固期還沒過換一台新的。

結果林鋒上前察看了一會兒，面無表情地單手便把手環輕輕鬆鬆拉動了。用事實證明不是機器故障，而是安然太廢。

同樣的事上演了三、四次後，安然果斷放棄繼續挑戰這些器材。

經此一役，安然除了確定高手就是高手，與普通人的構造果然不同之外，更覺得先前那聲「哥」果然喊得不冤。

看著林鋒一臉輕鬆地測試機器性能，安然心知繼續留下來只會更不自在，不想繼續打擊自己的安然，決定去做些擅長的事來平衡心理——比如料理。

知道安然家裡有新房客入住的郭雨玲，特地過來和林鋒打招呼，還送了一些自己種的蔬菜。

住在村屋一樓的人家，多出來的空地不是用來種花，便是用來停泊自用車，郭雨玲卻利用這塊土地來種菜。雖然產量不多，但也讓安然與劉天華分了不少福氣，偶爾會有新鮮的有機蔬菜可吃。

原先打算與林鋒外出吃一餐豐盛的，慶祝對方入住。不過林鋒正忙著他的「新玩具」不想外出，再加上郭雨玲特地送來了有機白菜，安然最後決定親自下廚。

雖說是慶祝的一餐，其實也只是些尋常的家常菜。蒜蓉炒白菜、麻婆豆腐、番茄煎金線魚……安然看著一桌成果，滿意地點點頭。對安然來說，用料不在乎是否名貴，以兩人的分量，有魚、有肉、有菜就已經夠豐盛了。

看到眼前色香味俱全的菜餚，林鋒眸子閃過一絲訝異。在安然說要親自下廚時，其實林鋒早已做好須勉強下嚥的心理準備。他原以爲這男生頂多加熱一些冷凍肉，味道不是太差就要叩謝神恩了。

想不到這些菜餚的賣相竟然還不賴，其中甚至還有難處理的煎魚！

先不論煎魚味道如何，光是這魚煎過以後還能保持原形，沒有變成焦炭或散開來，就能看出安然是有點廚藝底子的。畢竟以新手來說，把魚煎得散掉是很常見的事。

心裡暗自評估眼前菜餚，手上動作也沒有絲毫猶豫，林鋒從最接近他的麻婆豆腐開始品嚐。結果青年剛把豆腐送進口裡，立即神色大變！

見狀，安然心頭一緊。

難道很難吃？不會啊！我明明試過味道的！

糟糕！高手該不會不能吃辣吧!?

林鋒神色一變卻立即恢復正常，在安然不安的注視下，嚥下口中食物，隨即稱讚了一聲：「比想像中好吃。」

嚇死我……

安然差點忍不住想罵人，洩憤似地往嘴裡塞滿白飯。

吃完晚飯，林鋒主動將碗筷收拾好拿到廚房清洗，這再次讓安然覺得訝異。他原以爲這個一身銳氣的青年很難相處，不過除了笑容少一點、話也不多外，似乎是個不錯的人哪。

開始有點習慣林鋒渾身高手氣勢的安然，沒有拒絕讓青年服務，畢竟往後還要合住一段日子，分工合作也很重要。

安然早已對香港那唯二的免費電視台死心，數年沒看電視的他吃過晚餐後習慣性地拿出本小說，坐在客廳沙發上閱讀，此時林鋒的聲音從廚房傳來，道：「和你商量一點事情。」

「是？」

「以後由你負責煮飯，我洗碗？飯錢我會付一半的。」

安然聽到林鋒的提議後愣了愣，內心立即將算盤撥得啪啪作響。

反正他吃不慣外面的食物，所以平時都是下班回家自己煮，再多煮一人份也沒關係。何況多了一份伙食費，還可以多煮些不同的菜色，最重要的是事後還有人幫忙洗碗，絕對是穩賺不賠的買賣啊！

腦中飛快轉了數個念頭，安然爽快地笑道：「成交！」

異眼房東の日常生活

第四章

林鋒已搬來數天，安然發現出租頂樓與房間實在是很明智的決定。另一名房客下星期才會搬進來，暫不知爲人如何，不過林鋒倒是意外地好相處，雖然看起來一身煞氣有點嚇人，卻不是不講理的人。

由於林鋒沒在上班，因此家裡大部分家務都由他包辦，這反倒讓安然有點不好意思。但無可否認的是，這個人做每件事都乾淨俐落，整理居家比安然做得還要乾淨得多。自從對方搬來，家裡雖說不上一塵不染，但也差不多了。

安然曾經詢問過林鋒現在是否在找工作，但得到的答案卻是對方正在休假。安然不知道到底是什麼工作能夠休那麼長的假，但看到林鋒不想多說的神情，安然便識趣地沒有多問。

比較讓安然訝異的是，原來先前遇到林勇時，對方所說來探訪的朋友便是住在樓下的劉天華。雖然林鋒搬進來至今，劉天華也只在第二天過來打了聲招呼。

詢問下，才知道與劉天華關係好的只有林家老三，兩人還就讀同一間大學。至於林鋒與他則有點不對盤，甚至在說到劉天華時，林鋒還皺起眉頭道：「就是個喜歡裝神弄鬼的傢伙。」

雖然安然總是笑說劉天華是神棍，不過自從莫名其妙地看得見鬼魂後，便確定了世上是真的有靈體存在。聽到林鋒的話，安然下意識想開口反駁，不過想到雙方並不熟稔，太認真的話未免交淺言深，最終還是把想說的話吞回肚子裡。

往後數天，安然依舊偶爾會看到一些奇怪的東西，而且靈體不一定是人形，形態五花八門，什麼都有。

還好每次遇上這些事情時頂多把他嚇一跳，暫時沒出什麼大問題。雖然會對他的生活造成困擾，但由於不是常常看見，還不至於影響正常生活。

但無論如何，這些並不是愉快的經驗。安然實在不明白為什麼他平凡地活了二十年，會忽然獲得這種不平凡的力量。

在電梯遇上自焚的靈體後，安然上班時再不敢搭那部電梯了。然而每天途經管理處時，都會在監視攝影鏡頭中看見那鬼魂依然存在，重新變回被剖開的樣子背對鏡頭站著。仍是站在同個角落，依舊詭異地維持著面壁而立。

安然每天這樣看著也逐漸習慣了，反正他堅決不再搭那部電梯，與那鬼魂應該沒有交集。甚至還暗暗在心裡替對方取了個頗有惡趣味的名字——焦炭君。

路過的眾人及管理員皆無視螢幕中恐怖的畫面，由此可見，能看到影像的只有安然一人。

安然偶爾還聽到負責清潔的大嬸向管理員抱怨，說電梯那處角落總是不知緣由地變得焦黑。即使把牆壁刷洗乾淨，但第二天奇怪的焦黑印記又會再度浮現。後來清潔大嬸乾脆不理它，怎料那黑印的範圍竟不斷擴大，最後還變成了人形！

因為焦黑的人形看起來實在太陰森恐怖，大廈方面害怕會造成奇怪的流言，最後業主加了一些清潔費，讓清潔大嬸每天洗刷兩次，這事件才不了了之。

不過有了心理陰影，大家在有選擇的狀況下，還是會選擇搭另外兩部電梯。

對於能看見那個焦黑靈魂仍然待在電梯裡的安然，則是寧可選擇爬樓梯，也絕對不會再踏入這部電梯一步！

至於和林鋒的相處，安然已益發地得心應手。其實林鋒是個生活很簡單的人，也不會胡亂帶人到家裡來，安然對於這位房客很滿意。

「我回來了。」就在安然邊煮晚飯、邊想事情之際，林鋒的嗓音從外面傳來。

「晚飯差不多好了，鋒哥你先把碗筷擺好吧！」安然從廚房探頭出去一看，嚇得差點把手中的鍋鏟丟在地上。

「嘩！不不不！你先不要進來！」安然發出很丟臉的慘叫聲，慌亂阻止林鋒關門的動作。

「怎麼了？」雖然林鋒並沒有依言退到外面，但也合作地停下腳步，站在門口等待安然的答覆。

安然愣了愣卻不知道該怎麼回答。難道要告訴林鋒，他在外面帶了一坨不知道是什麼的黑色物體回來嗎!?

這團有如煙霧般的物體纏繞在林鋒身邊，仔細一看，卻沒有煙霧的飄逸，而給人一種黏稠的噁心感。

「到底怎麼了？」看到安然支支吾吾地說不出所以然，林鋒不悅地皺起眉。

面對林鋒銳利的目光，安然心裡暗暗叫苦。

就在安然考慮是否向林鋒說真話時，只見眼前的林鋒略微動怒，那團詭異的黑色物體就像受到致命攻擊般，發出一聲淒厲的尖叫，瞬間消散無蹤！

安然看得眼睛都突出來了，立即衝上前想要抓住對方的手臂，卻見林鋒輕巧地閃了開。閃避動作很小，速度卻很快，讓安然有種對方根本沒動過的錯覺。

看到林鋒那彷彿帶有殺意的眼神，安然不禁爲剛才那頭腦發熱的舉動害怕起來。幸好林鋒只是避開，而不是自然反應地一腳將他踹開，不然以這位高手的一身怪力，安然這副小身板必定吃不消，一命嗚呼也不是不可能。

不知道多久沒有人敢向他動手動腳了，林鋒不爽地瞪著從剛才起言行變得古怪的安然，心想這孩子平常看起來很正常啊！該不會是廚房太熱，所以熱傻了吧？

被林鋒的眼神盯得心裡直發毛，安然下意識縮縮身子。但想到最近困擾著自己的問題，安然還是鼓起勇氣，道：「呃……抱歉。剛剛我太激動了……我只是想知道你是怎麼辦到的？」

「什麼意思？說清楚一點！」

「就是想知道你是怎樣驅鬼的！」安然支支吾吾了一會兒，忽然想到既然林鋒能夠把那團怪東西趕走，也就是說對方是有能力的，說不定早已知道自己能夠見鬼，又有什麼好隱瞞的？

誰料安然話一出口，林鋒卻以看瘋子似地眼神看著他，道：「我不知道你在說什麼。」

安然不死心地追問：「剛才你身上的東西忽然慘叫著消失了，難道不是鋒哥你做了什麼嗎!?我只是想知道驅鬼的方法，沒有其他意思……」

聞言，林鋒眉宇皺得更緊，道：「我身上的東西？別再說這些怪力亂神的事情了。世上根本就沒有鬼魂，這都是人們想像出來的。」

見林鋒的表情不像假的，再加上他對鬼魂這個話題表現的不屑態度，安然訕訕一笑後，便不再繼續這個話題。

這個問題最終不了了之，但安然卻放在心裡，某天碰見劉天華時，便把事情說出來與他討論。道出這事的同時，也把自己近期頻頻遇鬼的事情一併告之。

在安然心目中，對劉天華神棍的定位從沒變過，之所以將事情與對方討論，其實並不期待能從對方口中獲得有用的建議，只是單純想要找人傾訴一下。至少這傢伙不會像林鋒那樣，一口把事情完全否定！

「這不足為奇啊！某些人即使沒有特殊能力，但被靈體纏身時，只要不是太嚴重便不會有事。」聽過安然的疑問，劉天華露出理所當然的神情笑道。

「不明白，例如呢？」見劉天華一副了然於胸的模樣，安然立即興致勃勃地追問。

「比如像我這種高人！」劉天華把心口拍得砰砰作響。

安然聞言，面無表情地轉身便走……

「當然不只這些，你別走，先聽我把話說完！現在的年輕人真是沒耐性……」劉天華抓住安然的臂膀，硬是把人拉了回來，嘴巴也沒閒著繼續說道：「我再舉一些比較容易明白的例子，例如那些當官的，他們有國家的氣運加持，尋常鬼魂難以近身。另外就是警察或軍人，以及一些身具煞氣、手上有人命的凶徒。而血氣旺盛的習武之人，以及完全不相信有鬼魂存在的人，也是比較難與靈界聯繫的類型。」

說到這裡，劉天華露出惡劣的笑容，道：「順帶一提，像你這種看得見卻完全沒能力的，正是鬼魂的最愛。難怪先前我看你運氣那麼差，那個護身符有戴著吧？」

「有……我最近已經很倒楣啦！這護身符好像沒啥效果。另外，你再笑得這麼幸災樂禍，小心我揍你喔！」安然撇了撇嘴，心裡卻想著林鋒的情況大約是最後一種吧？

仔細回想起來，當時青年的確是被自己勾起了一點怒意，然後那團靈體便瞬間被消滅了。這大概是因爲林鋒生氣時血氣變得更加旺盛，結果讓依附在他身上的東西受不了吧？

一想到這裡，安然再問：「對於那些身具煞氣的凶徒，如果鬼魂眞的無法近身，那電影裡經常說的那些惡靈出來復仇的故事都是騙人的囉？」

「也不能說是騙人，但絕對是把事情誇大了。鬼魂本就不是常見的東西，只有對世間有強烈依戀的亡者才會留在陽界。他們必定是有很大的執念，也許是死時怨氣很重，或另有冤情，又或者是在陰年陰月陰時出生或死亡的靈體。這些條件都非常嚴苛，如果鬼魂眞的能隨意殺人，那這個世界還要警察做什麼？殺人凶手都交由受害者死後自己來制裁就好了。」

安然點頭道：「嗯嗯！難得你這次說的話很可靠。」

劉天華一個踉蹌差點摔倒，道：「這是什麼話！我一向是很可靠的好不好!?」說罷，還伸手指了安然掛在脖子上的黑星石項鍊。

看到劉天華的動作，安然沒好氣地說道：「戴了這東西以後還不是與往常一樣？也不覺得身邊的東西變得比較少。」

劉天華撇撇嘴道：「你以爲護身符是萬能的嗎？這是讓你戴著護身的，不是用來驅鬼。人家好端端的沒招惹你，你還想主動去惹事嗎？」

安然道：「我不是這個意思。但就沒有辦法讓他們不接近我嗎？我不是想攻擊他們，只是不想看到而已。」

「不是沒有，但不建議你使用。身上戴著這麼挑釁的東西，萬一遇著一隻有道行的，到時候不是用來拉仇恨嗎？要知道道高一尺，魔高一丈啊！即使是法器，再強也是有個限度的。」

安然點點頭表示受教了，隨即想了想再問：「不是說有些人可以把陰陽眼封掉嗎？你有認識的師父可以這麼做？」

雖然經過安然觀察，劉天華肯定是看不見鬼魂的神棍，但無可否認他在這方面的意見都很中肯，因此自然想要聽聽對方的意見。

要不是安然曾看過劉天華懵然不知地穿過一隻女鬼，憑他在這方面的豐富知識，安然也許眞的會相信對方是個道行高深的大師。

劉天華聳肩道：「認識的、能夠做到的人也不是沒有，但眞正有能力的師父是不會幫你的，你還是死了這條心吧！」

「咦！爲什麼!?」

「因爲你的陰陽眼不是天生，也不是因爲曾經很接近死亡，或是修行得來的能力。這種突然出現的陰陽眼往往隱藏著很重的因果，不會有人願意爲了錢，代替別人揹負這層因果。即使有人願意，對你來說也不是件好事。」

劉天華的解釋有點玄妙，安然聽不太懂，但封眼這方法對他來說很是渺茫這點，他還是聽得出來的。

看到安然失望的神情，劉天華覺得一下子把人擊沉好像不太好，於是想了想便道：「其實想要看不見，除了找師父封眼外，也不是沒有其他方法。」

安然雙眼立即亮了起來。

「你可以嘗試借助信仰的力量。」

「信仰？」

劉天華頷首道：「是的，向你所信仰的神明祈求幫助。當然我指的不是閒來無事入廟拜拜那種，而是全心全意地敬仰崇拜著神明。如果你的意志夠堅定，神明很多時候也會回應信徒的要求，把你這種突如其來的能力斬斷。」

安然無力地垂下肩膀道：「我沒有宗教信仰……」

劉天華攤開雙手，表示愛莫能助。

見安然糾結的模樣，劉天華輕笑道：「不過你還是注意一下吧！既然那東西能夠附在鋒哥身上，並沒有立即被他的血氣消滅，應該不是尋常的小嘍囉那麼簡單。你還是問一下他先前到過哪些地方比較好。往後我會有段時間不在香港，你自己小心安全吧！」

安然愣了愣道：「你上哪兒去？」

劉天華嘿嘿一笑道：「有生意上門了，這個月的零用錢有著落啦！」

「那學校怎麼辦？」

青年聳了聳肩，道：「沒辦法，只能缺課了。」

安然表示理解，道：「也對，找到老闆包養後，學習什麼的都是浮雲了。」

劉天華怒吼了聲，道：「滾！」

□

本來安然並不打算詢問林鋒到底去過哪些地方，畢竟無緣無故打聽人家的私事不太好，反正鬼魂對林鋒並沒有造成任何傷害。

即使林鋒沒有被安然惹出怒意，當他進行每天的例行鍛鍊時，那沖天的殺氣絕對能把附身的靈體殺得連渣也不剩！

是的，是殺氣！每次林鋒鍛鍊時，都會發出令人戰慄的殺意，安然甚至不敢在他練習時步入頂樓。

這讓安然不禁感慨高手就是高手，連平時練習散發出來的氣勢也跟別人不同。

可是又過了兩天，當安然看到林鋒外出後，總是帶著一團黑色靈體回家，他實在無法繼續忽視這詭異的狀況。

於是某天，安然終於忍不住詢問：「鋒哥，這幾天下午你到哪裡去了？」

林鋒微微抬頭，把視線投向安然。雖然林鋒沒有別的意思，但他的眼神本就比常人銳利，在他的注視下，安然不禁感到有點不安，暗暗後悔怎麼管不住自己的嘴巴要多管閒事。

「我弟的家。」就在安然被對方盯得有點心裡發毛之際，高手終於發話了。

「咦！是林俊嗎？就是明天會搬過來的那位？」

林鋒微微頷首，道：「他的行李太多了，幫他整理一下。」

安然嘴角一抽，心想這兩兄弟還眞是奇葩，一個搬家時什麼也不帶，另一個卻是東西多得要兄長幫忙收拾……話說他們已經整理數天了吧？

一個獨居單身男生，到底有多少私人東西要整理啊!?

安然愈來愈想看看那位林家老么到底是怎樣的人了。卻因滿腦子的好奇，讓他忘了繼續先前的話題，最終便不了了之。

結果當林俊如期到來時，誇張的陣仗不要說是安然了，整個屋苑的住戶都被驚動。

不是說他帶來的家具數量有多誇張——基本上有高手幫忙收拾，安然覺得林俊不被他家二哥丟到剩下身上穿著的內褲，已經算是很好了。

之所以覺得震撼，是因爲那傢伙竟然用跑車搬家！

雖然安然對跑車沒有研究，但是那輛紅色敞篷跑車一看就知道絕對價值不菲。在這輛炫目風騷的跑車上，坐著兩名同樣吸引人目光的帥氣青年。然而這些都不是重點，重點是跑車後座，塞滿了大大小小用紙箱打包好的行李……

還眞是……詭異的情景……

當安然走到樓下大門將門打開時，跑車已穩穩停在門外。

理論上，這種時候作爲先入住的林鋒應該爲雙方好好介紹一番才對。然而高手卻不是用常理所能猜度的生物，只見林鋒酷酷地下車，一言不發地拿起放在後座的十多箱行李後，便自顧自地舉步往屋內走去。

雖然早已知道林鋒的體能不能以常人標準來看，但如此輕鬆地托起十多個紙箱，此情此景還是讓安然看得下巴都要掉下來。更不要說那些探頭出來看熱鬧的鄰居，早已是眼珠子掉了一地。

有沒有那麼誇張？難道那些紙箱全是空的？

即使那些紙箱全是衣服，也超重的好不好!?

難道現在的超人，都不流行把內褲外穿給凡人辨認了嗎!?

安然風中凌亂了好一會兒，才維持僵硬的笑容，把頭轉向站在一旁的林俊。

林俊臉上戴著一副太陽眼鏡，但從輪廓看來，也是名容貌不輸林鋒的帥氣小伙子。身爲屋主的安然，自然看過林俊的基本資料，知道眼前的男生比自己還要小一歲。然而林俊卻有著模特兒的好骨架，與個子不高的安然並立，倒像安然的年紀比他還小。

如果說林勇穩重儒雅中，還透露著成功人士特有的精明能幹，那林鋒便像一把出鞘的刀鋒般銳氣凜然，卻帶著點黑社會大老似地江湖味。至於眼前的林俊，一身搶眼時髦的裝束，卻顯露著年輕人擁有的鋒芒與驕恣。

此時林俊看也不看站在身前的安然，彷彿完全感覺不到青年的存在。逕自抬頭打量四周環境，神態活像隻驕傲的孔雀。

安然見狀皺了皺眉，對林俊的評價立即從驕傲變成傲慢。

又是個被寵壞的孩子啊……

雖然安然沒比林俊大多少，但也許是早早出來社會工作，對他來說，年輕人有的稜角早已磨平，不像林俊未曾經歷過現實的磨練。

可以說，光是從心理素質來說，安然比林俊這朵溫室花成熟得太多了。

安然不討厭年輕人的意氣風發，但對於林俊這種高傲而無視他人的態度卻絕對反感。一般來說，安然的脾氣很好，但不代表他沒有脾氣。看到對方傲慢的態度，安然不發一言地轉身便走。

林俊本來還等著安然主動向他打招呼，腦海裡已預想過自己該怎樣用禮貌中帶疏離與矜持的態度來應對。怎料他耍帥還沒一會兒，那傢伙竟轉身便走！

林俊愣了愣，隨即帥氣的臉龐迅速變得通紅，也不理會停在外面的名貴跑車以及剩下的行李，快步繞過安然，硬是站在對方前面，擋住去路。

安然挑眉、仰頭瞪著林俊沒有作聲，心裡卻在暗暗抱怨怎麼現在的孩子長得那

麼高，這樣害他很沒氣勢耶！

看到安然的態度，林俊也發狠回瞪過去，結果出現了兩人互不相讓地狠瞪對方的情景。

安然倔強地與林俊對峙著，在他們眼也不眨地把眼睛愈瞪愈大之際，一個健碩的身影卻橫插進來，阻擋了兩人的對望。

只見介入兩人之間的林鋒，只稍微有點不高興地皺起眉，整個人便立即充滿煞氣，看起來一副心情很不好的樣子。他道：「你呆站著在做什麼？怎麼不把剩下的東西搬進去？」

與安然害怕林鋒的高手氣場不同，作爲怎麼看怎麼受寵的老么，林俊面對著林鋒的詢問面不改色地笑道：「二哥的力氣比我大，也不差幫忙把這幾個箱也抬進去啦！」

聽到林俊的話，林鋒眉間的皺紋變得更深了，在安然看來就像殺人的前兆。

卻只見林鋒上前，伸手用力揉揉林俊的頭髮後，便依言抬起車尾的紙箱，繼續當苦力……

安然看林俊的眼神立即變得不同了，簡直就是赤裸裸的崇拜！

他的理論很簡單：老虎固然很可怕，但只用一句話便能指使老虎去跳火圈的人，卻是比老虎還要可怕百倍！

異眼房東の日常生活

第五章

安然平常看起來很好說話，但其實個性倔強得很。雖然把林俊歸類爲超不好惹的角色，但先前對方那種看不起自己的態度已經觸怒了他。他不會主動招惹林俊，但也不會去奉承對方或者尋求和解，依舊對林俊表現出愛理不理的態度。

何況在安然眼中，林俊像是名「馴獸師」，但他自己好歹也餵食那頭猛獸好幾天了，理論上，看在自己是個「飼育員」的份上，高手應該不會如此輕易把他咬殺……吧？

爲了顯示出自身的最大價值，當日午飯的菜色特別豐富，看起來就像專爲歡迎林俊的到來而設。

林俊早已從自家二哥口中了解他們平時的伙食，見到桌上的食物比林鋒形容的更爲豐盛時，這位林家三少便誤以爲這是安然委婉向他賠罪的舉動。於是青年看安然時，眼中的敵意總算消退不少，卻仍是一副傲慢的態度。

林鋒彷彿完全察覺不到瀰漫在兩人之間的火藥味，自顧自地吃著午飯。

這也在安然的意料之內，基本上除了鍛鍊、變強以外，安然覺得沒有其他東西能勾起這個男人的興趣。

吃過飯後，見到林鋒默默把碗筷拿進廚房清洗，林俊一臉驚嚇的神情尖叫道：「二哥！你在做什麼⁉」

「洗碗。」林鋒淡淡地應了一句，手上的動作卻毫不含糊，熟練又俐落地清洗碗筷。

林俊快步走進廚房，拉住林鋒的手臂直嚷：「你不是給錢了嗎？碗筷留給他洗就好！」

聽到林俊的話，安然不滿地發話了：「我要修正一下你的觀念，我不是你們的傭人，鋒哥付的是食材的費用，並不是我勞動的酬勞，家務須要分工合作這點是我們早已說好的。說起來，這餐午飯還是看在你初來乍到的份上才給你白吃白喝一頓，往後你也要動手分擔家務。」

「那我多給你一些錢，你把我們的那一份也包辦了吧！」林俊一番話說得理所當然。

「不，我已經說過我不是家傭了。」

林俊取出放在褲袋的錢包，安然見狀危險地瞇起雙眼，心想自己已經說到這樣了，要是對方還不知分寸地拿錢來說事，那他會徹底看不起這個人。

然而出乎安然意料，林俊從錢包裡取出的並不是他所以爲的大額紙幣，而是一張名片。

只見林俊一臉得意地笑道：「幸好我早有準備，這是幫傭公司的電話，我花錢請人過來處理總可以了吧？」

「不行，我不喜歡有陌生人在我家裡。」安然一口拒絕。他並不是故意與林俊過不去，而是因爲安然對幫傭的感覺實在不太好。他身邊就有不少朋友有過聘請幫傭的經驗，結果不是家裡的財物被偷，便是幫傭到財務公司用雇主的名字作擔保人，借了一大筆錢後逃回國家……

聽多了以後，安然對於幫傭的觀感自然不會太好。當然他也明白不是所有幫傭都會使壞，但既然自己有能力處理好家務，爲什麼還要花錢讓外人進家裡呢？

何況幫傭煮的食物他也吃不慣，到時候還不是由他負責煮？另外他也不習慣使喚別人做事，幫傭的存在只會讓他感到不自在。

從小被傭人照顧長大的林俊可不知道安然的小市民心態，看安然想也不想便一口拒絕，第一時間便認爲對方是故意唱反調。心情不爽下，本來傲慢的語氣便變得更爲惡劣起來，道：「你是故意要與我對著幹嗎？」

安然撇嘴道：「我像是那麼閒嗎？你以爲你自己是誰啊？自戀也要有個限度好不好？誰會花費精力來故意爲難你這個路人甲？」

安然平常脾氣不錯，說話也溫和，看起來一副很好欺負的模樣。可是熟悉他的人都知道，其實安然吵起架來戰鬥力絕對不弱，那張嘴巴非常不饒人，滿滿都是輕蔑嘲諷的態度，更是能把人活活氣死。

尤其他平常一副人畜無害的樣子，突如其來的毒舌給人極大的反差感。結果青年這麼一爆發，不只是林俊，就連林鋒也呆了。

愣了兩秒，林俊總算反應過來。林俊的家境很好，加上他長得帥、出手也闊綽，因此從小到大都在人們的奉承下長大。即使面對敵對家族的那些笑面虎，他們也只會在心裡罵，臉上卻仍舊溫和得體，林俊何曾遇過像安然這種當面的冷嘲熱諷？

反應過來後，林俊漲紅了一張英俊的臉，怒不可遏地瞪視著安然。

「怎麼？想打架嗎!?」安然衡量過林俊的體格，雖然對方不算孱弱，但也不到林鋒那種變態的程度。安然相信打起來自己即使輸了，也必定能讓這位不知人間險惡的大少爺留下「美好」的回憶。

他可不怕被人打成豬頭，只要能在那張英俊的臉上打出兩個黑眼圈，他也算是賺到了！

懷著動機不純的心思，安然邊打量著林俊，邊考慮把帥哥打成熊貓的可能性。就在戰事一觸即發之際，一個充滿冷酷感的嗓音從旁傳來，道：「聽安然的，不然你就回家！」

說話的正是在旁始終沒有說話的林鋒。

聽到二哥發話，一直表現要強的林俊竟委屈地應允下來。

林鋒的維護及林俊的反應，讓安然有點意外，看來林鋒雖然很疼林俊，卻不是不講道理的溺愛。林俊對林鋒也非常尊重，雖然表現得很隨意，但還是願意聽林鋒的話，至少比安然想像中那種蠻不講理的富二代好多了。

同時，林鋒的話也勾起安然的好奇，道：「怎麼被鋒哥用回家來作威脅？難道林俊你是離家出走嗎？」

林俊抓了抓一頭染得偏紅的頭髮，滿臉懊惱地說道：「也不算是……只是想要避開一個麻煩的女人。」

「喔……被倒追嗎？眞好啊……」安然羨慕地說道。林俊俊朗又多金，聽到他被女生糾纏，安然完全不感意外，只有滿滿的羨慕嫉妒。

林俊冷笑道：「要是其他女人倒追我還好，問題那個人是家族爲我指腹爲婚的未婚妻。要是你，會希望人生受到這種擺布嗎？」

「未婚妻……還指腹爲婚咧？你們當自己是古代人嗎？」聽到林俊的話，本來一臉羨慕的安然愣住了。

林俊立即像遇上知己般，激動地抓住安然的肩膀，道：「對吧？他們完全搞錯年代了啦！現在都二十一世紀了，指腹爲婚這一套已經過時了吧!?」

安然歪了歪頭道：「但如果是在利益的驅使下，任何事情都是有可能的。」

林俊的動作停下來，有點訝異眼前這個看起來有點呆的青年竟然這麼敏銳。

「你說得對……我們的婚姻，除了因爲我們兩家老一輩的感情眞的很好，想要把這種情誼延續至下一代外，也有不少利益關係。至少聯姻後兩家人的關係會更加緊密。」

安然想了想，道：「不明白。要背叛的話，即使是姻親也是會背叛的，這根本不能代表什麼。」

林俊聳了聳肩，道：「所以我覺得不合理，就逃出來了咩！」

安然偷偷瞄了林鋒一眼，道：「既然你是離家出走，那過來與鋒哥一起住這樣好嗎？等等！你既然是離家出走，怎麼會是林勇大哥幫忙租房子？逃婚的話，不是應該躲到一個家人找不到的地方嗎!?」

林俊並沒有回答安然的問題，只是用幽怨的眼神盯著安然看。安然被他看得渾身不自在，也就不再八卦，默默回到房間。

直至確定安然聽不到他們說話的內容後，林俊這才小聲罵道：「還不是因爲老爸說，只要我搬進來住一年，結婚的事情便讓我說了算，不然我才不住這種狗窩呢！」

「阿俊！」林鋒輕聲警告。

「我知道、我知道，這要祕密進行嘛！在他面前我不會胡說的。二哥，你說這個叫安然的到底有什麼特別？我怎麼看他也只是個窮酸的普通人，爲什麼老爸特地要我們去接觸他？」

「不應該知道的事情就不要問，反正我們只要依父親的命令行事便可。」

林俊撇了撇嘴，道：「所以說你都被爺爺訓練得傻了，就只知道服從命令，難道你不好奇嗎？」

「不好奇。」

「……算了，當我沒問。」

□

翌日一早，由於公司早上有重要會議，天還未全亮，安然便外出上班。

此時林家兄弟還未起床，安然羨慕地看了看林俊緊閉的房門，再看了看通往頂樓的樓梯。心想待業的那個就算了，當學生的那位還可以睡得那麼晚，實在讓人羨慕得很。

雖然安然早知道大學生的自由度很高，平常也不是每天都有課。可是知道是一回事，總沒有直接接觸到的感受來得深。畢竟他讀到高中畢業，都是得要星期一至五每天準時到學校上課，卻因爲早早出來工作，並沒有經歷過大學生的自由。

然而這看向林俊房間的一眼，卻把安然嚇了一跳，因爲他竟然看到一團黑色煙霧從房間的門縫露出來！

失火了！這是安然看到那團黑霧後，立即想到的事情！

安然顧不得腳上正穿著鞋子，連忙跑至林俊的房間想要將房門打開。

這個渾小子！竟然鎖門！

其實也怪不得林俊，畢竟大家還不熟，與陌生人住在一起，萬一有任何財物損失就糟糕了。

只是安然從小到大都沒有鎖門的習慣，林鋒不知道是出於自負還是信任也沒有這麼做。因此在這種危急的時候被鎖在門外，安然感到異常焦躁，洩憤般在心裡把林俊狠狠罵了一頓。

黑霧變得愈來愈濃厚，安然滿心焦急之下，卻沒發現這些黑霧並沒有火災現場應有的焦灼氣味，反而瀰漫著淡淡的屍臭。

「林俊！林俊你沒事嗎？」安然拍了幾下門得不到回應，轉身便要去拿房門的鑰匙。

然而還不待安然邁出腳步，他的手臂便被不知道什麼時候下樓的林鋒一把抓住，隨即一腳將緊鎖著的房間踢開！

安然被林鋒這一記乾淨俐落，而且威力驚人的側踢驚得懵了，看到林鋒快步衝進房間，這才慌慌張張地尾隨而至。

本來遮擋住安然視線的黑霧，在林鋒出現時便像老鼠遇上貓般，瞬間退回房間裡。看到這詭異的情景，安然才察覺到事情並不是他所以為的失火那麼簡單。

果然，踏入林俊的房間環視一圈後，發現裡面的東西全都完好無缺，沒有任何燒焦的痕跡。

林鋒雙眼閃過一絲疑惑。剛剛安然那喊著失火、想要把房門打開的焦急模樣並不像假的，而且對方也沒有理由突然這樣惡作劇。是有什麼事情讓安然誤以爲林俊的房間失火嗎？

疑惑過後，林鋒很快察覺到不對勁。剛剛他們弄出那麼大的動靜，然而林俊卻像完全聽不到似地仍在被窩中熟睡。

「阿俊！」林鋒臉上閃過擔憂的神色，伸手拍向熟睡的弟弟。

在安然的視線中，只見退回房間的黑霧快速閃進林俊的眉心。當林鋒接近他時，黑霧已完全融入林俊體內，再也看不見絲毫痕跡！

同時，林俊緩緩睜開緊閉的雙眼，入目所見便是兄長殺氣騰騰的臉，立即嚇得大叫起來。

要不是安然剛才看到那麼詭異的一幕，直至現在還緩不過來，他必定很不客氣地笑得前俯後仰。

果然，即使是親兄弟，即使林俊再熟悉對方的氣勢，猝不及防下看到的時候還是會被嚇到的！

林俊拉開了兩人之間的距離，看看安然、再看看林鋒，問：「怎麼了？」

面對林俊的詢問，安然一時間不知道該怎麼回答。剛剛他以爲發生火災而大叫大嚷，現在想要改口已經來不及了。看房間的狀況根本沒有一絲一毫失火的徵兆，到時候他們問起爲什麼會誤以爲是失火時，他該怎樣回答？

看了垂首默不作聲的安然一眼，林鋒道：「安然剛剛說你的房間失火了。」

「失火!?」林俊挑了挑眉，視線越過眼前的林鋒，投至一臉侷促不安的安然身上。

結果這一看，便被林俊看到倒塌在安然腳邊的房門……

「這這這……這又是怎麼一回事？」林俊震驚地指著地上的殘骸。

「我踢的。剛才安然拍門你沒有反應，我便把門踢開了。」相較於安然看到房門殘骸時益發地不自在，林鋒卻是表現得理所當然。事實上，他對於這個結果也感到很意外，林鋒的原意只是想將門踢開，想不到卻把房門整個踢飛了，果然只能怪這道門太脆弱吧？

聽到林鋒的解釋，林俊不滿地抱起雙臂，道：「所以歸根究柢，還是因爲安然你胡亂喊失火所致囉？」

安然猶豫片刻，隨即下定某種決心般神色變得堅定起來，道：「這次的事情眞的很抱歉。既然我們將要一起生活一段時間，那我也不隱瞞大家。我之所以誤以爲失火，是因爲我看到一團黑色煙霧從林俊的房間飄出。」

「黑色煙霧？」

「嗯。但我們破門進來後，我看到那團黑霧迅速沒入林俊的眉心不見了。」

「……」看安然說得一臉認眞，林家兄弟一時間不知道該說什麼。

「說起來，鋒哥這幾天下午，是到阿俊的家裡幫忙吧？其實每次鋒哥回來時，我都看到一團奇怪的黑色物體依附在你身上。不過這東西受不了鋒哥的血氣，很快便會自行消散，所以我才沒有告訴你。」安然頓了頓，轉向一旁的林俊，道：「倒是阿俊你要小心了，那團黑霧給人的感覺很陰冷，怎麼看都不是好東西，這幾天你有空的話還是找個信得過的師父看看吧！」

說罷，安然也不給兩人說話的機會，便退出林俊的房間，道：「我快要遲到了，先走啦！想買一道新的房門的話，你們可以到管理處拿家具公司的電話，透過管理處介紹能打上八折。」

看著安然匆匆忙忙地關上大門，林俊這才反應過來，道：「他剛才在說什麼!?想推卸責任，也想一個正常點的藉口吧？」

「我覺得他是認眞的。」

「咦？二哥你該不會相信他說的胡話吧!?」

「雖然我不確定安然所說的東西是否存在，但至少他是眞的這麼認爲。我從你家回來的第一天，安然確實表現得有點奇怪。他大喊失火的時候，那驚慌失措的樣子也不似作假。另外，在他說出剛才那番話的時候，無論是眼球的活動、瞳孔的狀況、心跳與呼吸，也都沒有說謊的徵兆。」

林鋒最後一句話聽起來有點匪夷所思，可是林俊卻一點兒也沒有質疑兄長的能耐，完全不覺得林鋒說能夠檢測到對方的心跳呼吸之類的有多奇怪。

「那傢伙該不會是個瘋子吧？思覺失調什麼的。」

「思覺失調不代表是瘋子。」林鋒修正弟弟的話後，一臉凝重地說道：「你剛才的狀況眞的有點不妥。安然拍門與呼喊的聲音那麼大；再加上我把房門踢開時所產生的巨響，你卻依舊熟睡沒有被我們吵醒。保險起見，你還是依安然所說，找些有能耐的師父看看吧！」

林俊聞言，立即像被踩到尾巴的貓咪般瞬間炸毛，道：「不要！看師父什麼的，這種老土的事情我才不幹！現在是科技的年代了！我好歹也是個大學生，才不會相信這種封建迷信！」

林鋒也不是個喜歡管束弟弟的人，而且他本身也不信鬼神。聞言也沒有勉強，只是叮囑了一句，道：「那你多注意一點，要是身體不舒服就到醫院做個全身檢查吧！」

林俊點頭應允下來，卻不以爲然地並沒有把這事情放進心裡。

異眼房東の日常生活

第六章

其實安然並不覺得自己擁有陰陽眼是多見不得光的事，之所以一直不說，主要是怕麻煩，不喜歡別人問長問短。何況這能力來得突然，說不定某天又會突然消失呢！

而且別人相不相信也是一回事。也許林鋒他們還會認爲自己在胡扯，甚至覺得他是神經病也說不定。

當時安然是被林俊的狀況嚇到，逼不得已只好向林家兄弟坦言他所看到的異狀。

不得不說，安然他自爆了……

幸好他所擔心的被人當珍稀動物來看的情況並沒有出現，生活還是照舊這樣過，並沒有造成太大的影響。

再加上月底是帳務結算的日子，對於身爲會計的安然來說，是最忙碌的一段時間。經過一天辛勞的工作後，安然已把早上的事情拋諸腦後。

下班時，安然下意識地看了看監視螢幕，這已成了他每天上下班的習慣。電梯角落裡的人影仍在，爲此安然還曾經向管理員打聽，這部電梯有沒有再發生什麼怪事，不過得到了否定的答案。

雖然安然至今仍搞不清楚這位焦炭君到底想怎麼樣，不過他們河水不犯井水，安然也犯不著為了好奇心而去招惹對方。

對於鬼神，安然的態度向來就是「敬而遠之」。

其實安然覺得現在的人什麼都以科學掛帥，一提及靈異相關事情便會認為是封建迷信而拒絕接受。可是安然卻認為有信仰或者相信因果報應也不是壞事，至少當人們的心裡存有敬畏，自然會對自己有所約束，做事不會無所顧忌。

對林俊的認識雖然不深，但安然卻知道這名大學生完全是不把鬼神當一回事的傢伙。不過看在同住的情分上，安然還是選擇把事情告訴他。至於願不願意相信，便是對方的事情了。

那團漆黑如煙霧的東西似乎是跟著林俊搬進來的，光是回想，安然便覺得毛骨悚然，只求林俊的事情不會牽連到自己。

正好林俊今天沒課，希望對方趕快找位師父看一下，盡快把事情解決掉。

□

下班回家的安然，趁著吃晚飯時觀察林俊的氣色。可惜安然見鬼的能力本就是「被動技能」，並不是想看見便能看見。再加上那團奇怪的黑霧似乎能夠完全隱藏在林俊體內，因此青年並沒有看出什麼。

安然不知道這是不是傳說中的鬼上身，但確實有某種東西依附在林俊身上，這點是無可置疑的。

安然本來打算找個機會詢問林俊，結果他還未開口，林鋒卻已早一步詢問：「阿俊，你今天找人看過了嗎？」

林俊點了點頭，道：「嗯，看了。他說沒什麼事，就是替我做了些儀式，然後給些東西要我拿去燒。」

「已經解決了嗎？」

「應該算是解決了吧？」說罷，林俊瞟了一眼在旁一言不發旁聽兩人說話的安然，道：「老實說，我根本就不覺得自己身上有任何問題，也許只是某人想太多。」

安然無視林俊語帶諷刺的話，一副「我不與小孩子一般見識」的表情，讓林俊氣得牙癢癢。

也不知道這兩人是不是八字不合，總是看對方不順眼。

雖然林俊說得言之鑿鑿，但安然卻對他的話半信半疑，並沒有全然相信。畢竟這傢伙從聽到他有陰陽眼那刻起，便露出一副不以爲然的表情，只差沒有直接罵他說謊吹牛。

不過找不找師父解決，這是很私人的事情，畢竟他們的關係就連朋友也稱不上。

要是林俊不願意，安然也沒有辦法，總不能用暴力把他抓去寺廟拜拜吧？

到了深夜，殘酷的現實證明了安然的猜測是正確的。凌晨時分，當安然迷迷糊糊地起床上廁所時，發現本應鎖上的林俊房門，以及家裡的大門全都打了開來！

見狀，安然立即嚇得睡意全消，慌忙衝進林俊的房間。然而，本該在房內熟睡的林俊卻不見了！

安然心裡生起一股不祥的感覺，連忙轉身往頂樓跑去！

當安然跑上頂樓時，本應熟睡的林鋒卻早已聞聲從頂樓步出，這讓安然訝異地睜大眼眸。

雖然安然奔跑時並沒有故意放輕腳步，但現在理應是人人熟睡的時刻，林鋒卻能如此迅速察覺到他的動靜，這實在讓安然不得不感到吃驚。

到底這個人有多警覺、多沒安全感啊!?

「怎麼了？」林鋒的眼神一如既往般清晰銳利，一點也沒有剛起床時的迷懵。

「出事了！林俊不見了！」

聽到安然的話，林鋒瞳孔猛然一縮，立即一陣風似地以驚人的速度往樓下跑去。

被林鋒非人的速度嚇了一跳，安然連忙尾隨下樓。當他跑回位處三樓的房間時，正好看到林鋒陰沉著臉，從林俊的房裡走出來。

林鋒那副彷彿想要殺人的神色實在恐怖得很，安然緊張地嚥了嚥口水，這才鼓起勇氣上前詢問：「會不會是被人綁架了？」

雖然對林家兄弟的了解不深，但從林俊平常的衣著、跑車以至日常使用的東西，安然不難看出他們絕對是非常有錢。現在林俊失蹤，安然首先想到的便是他被綁架。

可是林鋒聞言，卻搖首道：「不。這裡沒有任何掙扎或使用迷藥的痕跡，阿俊是自己離開的。」

安然張了張嘴，有點懷疑林鋒的話。畢竟他只是看了房間幾眼，憑這草率的觀察，林鋒的判斷眞的準確嗎？

不過想到林鋒這段時間所表現出來的強大，再加上對方身爲林俊的兄長，在林俊的事情上比安然更有說話權，因此安然最終還是沒有說出質疑，算是認可了林鋒的推測。

「那我們到外面看看吧！」

林鋒點點頭，確定林俊是自行離開後，表情總算緩和了些，也沒有如先前般焦急，至少他這次沒有丟下安然，反而調整步伐一起並肩前進。

到了樓下，深夜的涼風讓安然打了個冷顫。他與林鋒沒有像無頭蒼蠅般四處尋人，而是先走到屋苑的管理亭詢問。這管理亭的位置正好能看到他們家的大門，裡面有管理員二十四小時駐守，對方應該知道林俊的去向。

敲了敲管理亭的玻璃窗，安然詢問：「請問一下，你剛剛有看見一名年輕人從二十六座走出來嗎？」

管理員放下手上的報紙，道：「你們找的是那個高高瘦瘦的帥小子吧？大約半小時前，我看到他往公園的方向走去，不過……」

見管理員欲語還休的樣子，安然奇怪地追問：「大叔，怎麼了？你還看到什麼嗎？」

管理員神祕兮兮地說道：「這些話你們聽過就算了……我覺得那個小帥哥有點奇怪……」

安然撇了撇嘴，心想這不是廢話嗎？林俊那傢伙深夜不睡覺跑出來，還勞動別人出來尋找，不奇怪才見鬼了！

看到安然一臉不以爲然，管理員加重了點語氣，道：「我是說眞的，那小哥明明只有一個人，但他卻表現得像有同伴同行似地，笑著與旁邊的空氣說話。我覺得有點奇怪便喚了他一聲，可他好像沒有聽見一樣逕自走掉。總之……你們還是快點把他找回來吧！」

聽過管理員的形容，安然頓時覺得膽戰心驚。綜合他這段時間看到的東西，再加上管理員的說詞，林俊的表現怎樣看都像是被鬼迷。

雖然安然不太懂這方面的事情，但那些東西能夠迷人心智，事情應該已經到了很嚴重的程度。

相較於安然的恐懼，對於鬼魂之說仍舊半信半疑的林鋒倒是顯得很冷靜。兩人向管理員道謝後，便舉步往公園走去。

安然覺得氣氛未免太沉重，走了一會兒便忍不住找話說：「你弟平常有夢遊的習慣嗎？」

「從來沒有。」

「你說他怎麼會在深夜跑出來呢？」

「找到他就知道了。」

「鋒哥你不擔心嗎？」

「慌亂對事情不會有正面幫助。」

「喔……」安然忽然覺得與林鋒說話眞的超無趣。基本上林鋒不算難相處的人，但他這種別人問一句才會答一句話、無比簡潔的說話模式，實在不是一個閒聊的好對象。

從屋苑步行至公園不到五分鐘路程，很快地，兩人便看到坐在長椅的林俊了。兩人不約而同地吁了口氣，前進的步伐不由自主地加快，快步往林俊方向走去。

然而，安然只走了數步，卻倏地停頓下來。

昏黃的街燈下，安然看到了一名女子默默坐在林俊身旁。

當安然的視線觸及那個女人的瞬間，他便知道眼前女子絕不是個活生生的人。

只因這個女人身上全都是慘不忍睹的傷痕，女子臉部浮腫，完全看不出原來的相貌，嘴巴不停流出鮮血。脖子有條紫黑色勒痕，腹部與胸口有著一些看起來像刀傷的傷口，身上更是布滿因燒燙傷而起的水泡。

身負這麼嚴重的傷勢，無論是誰都絕對無法這麼淡然地坐在這裡！

一股不祥氣息圍繞著這名女子，她彷彿融進黑夜似地，明明人坐在這裡，可不注意她時，卻朦朦朧朧地看不清楚。這也是為什麼安然在剛踏進公園時，沒有立即發現這個女人的存在。

如果這個應是鬼魂的女子，身上的傷勢正反映著她死後的樣子，那麼，這女人的屍體必定遭受了極其殘酷的對待！

彷彿察覺到安然的注視，女子緩緩抬起低垂的頭，一雙充血的眼瞳往他的方向看去。她的雙眼充滿著世間一切負面的情緒，憎恨、憤怒、絕望、痛苦……安然就像隻被蛇盯上的青蛙般全身僵硬，一動也不敢動。

女子的注視只維持了短短數秒，但在安然的感知中卻彷彿過了很長的時間。當鬼魂因為林鋒的接近而化為黑霧，再度沒入林俊的眉心時，放鬆下來的安然這才察覺到身上的衣服早已被冷汗濕透，夜風一吹，立即起了一身雞皮疙瘩。

抹了抹額上冷汗的同時，安然心裡不禁生起了深切的懼意。那鬼魂的力量明顯變得更強大了，而且林鋒對她的影響似乎已沒有先前那麼大。

女鬼消失的瞬間，一直呆坐在長椅上的林俊立即清醒過來，道：「二哥!?怎麼你的表情那麼恐怖……咦！這是哪裡!?」

看著完全搞不清楚狀況的弟弟，林鋒皺起眉，一把拉起人，道：「走！先回屋裡再說。」

□

林俊覺得今天眞是他的大凶日，睡覺的時候莫名其妙地跑到公園靜坐，現在還被兄長勒令不許睡，擺出一副三堂會審的姿態。

這也就罷了，那個叫安然的窮酸鬼竟然還厚著臉皮地留下來聽審，這安然算哪根蔥呀？憑什麼給他擺臉色留下來看他的熱鬧!?

「阿俊，你爲什麼會跑到公園？」林鋒說這番話時雖然神色平靜，可是渾身的沉重氣息，卻讓人覺得這只是暴風雨前的寧靜。

林俊知道這次兄長是眞的生氣了，本來他還想表現得硬氣一點，至少要要求看熱鬧的安然迴避，但現在也不敢造次了，正襟危坐地說道：「我發誓我沒有故意亂跑，事實上我也不知道爲什麼會這樣……睡醒時便莫名其妙地身處公園了！」

此時，安然忍不住詢問：「先前你說你找了些師父看過，也進行了一些相關的驅邪祈福儀式，到底是不是眞的？」

對於安然的質疑，林俊並沒有像回答林鋒時那麼合作，只聽他態度惡劣地反問：「關你什麼事？你很閒嗎？」

被林俊害得三更半夜跑來跑去找人，現在還要受他的冷言冷語，安然也氣了，道：「好吧！是我多管閒事，早知道我就不去找你了，下次你失蹤時我會當作沒看見的！眞是狗咬呂洞賓，不識好人心！」

說罷，安然便氣沖沖地往房間走去。

「等等！」林鋒充滿威嚴地喝止了安然離開，此時安然才驚覺自己再次在高手的面前，把對方弟弟罵了一頓。

雖然忐忑不安，但安然卻是個倔強的人，面對林鋒銳利的眼神不但沒有退縮，反而很有氣勢地回瞪過去。

林俊見狀不禁心裡暗笑，安然竟然想與林鋒對著幹，先不說雙方背景的差距，單以身體素質而言，林鋒一隻手便能把他打趴了！

然而林俊幸災樂禍的笑容沒持續太久，因爲，下一秒林鋒便轉向他淡然說道：「向安然道歉，還有別忘了道謝。」

聽到林鋒的話，林俊當場傻眼，道：「二哥你在說笑吧？」

林鋒皺起了眉，道：「誰在說笑了？剛剛是安然發現你不見的。人家沒義務大半夜跑到街上找你，你道一聲謝並不爲過。另外，安然的詢問也只是出於關心，你剛剛的話有些過頭了。」

林鋒這番話讓林俊鬱悶的同時，也教安然感到意外。現在他也不急著走回房間了，好奇地看著臉上一陣青、一陣白的林俊，心裡猜測著這個反叛的熊孩子會不會依言照辦。

只見林俊臉上的神情變換了好一會兒，就在安然開始感到不耐煩時，一口氣地迅速說道：「眞的很抱歉！還有謝謝你幫忙找我！」

雖然林俊的語氣很衝，可是他的眼神卻很誠懇，這讓安然的火氣也隨之消去。

安然的性格一向吃軟不吃硬，現在林俊服軟了，他反而感到自己剛才的態度也不算好，道：「呃……不用……其實我也的確是管太多了……」

林俊本已作好被安然嘲笑的心理準備，想不到安然卻很厚道地給了他一個台階下，這讓林俊心裡的怨氣消散不少，看安然也變得順眼起來。

見到林俊神情間的轉變，安然不禁感嘆現在的小伙子就是好面子，卻沒想到其實他也只比林俊大一歲而已。

誰教他年紀輕輕便已經踏足社會呢？像林俊這些沒有絲毫社會閱歷的學生，在安然眼中就是個還沒長大的孩子。

林鋒看到雙方解除矛盾，滿意地點點頭，隨即詢問：「阿俊，剛剛安然的問題其實也是我的疑問，你老實告訴我，到底有沒有找人看過？」

林俊知道自家兄長的能耐，他可是受過審訊的專業訓練，自己的謊言在林鋒面前絕對無所遁形。晚飯時，安然既然能夠看出林俊敷衍的態度，林鋒絕不會看不出來。當時之所以任由他搪塞過去，只因對於鬼神之說林鋒也是半信半疑。

感受到兄長對這個問題的重視，這次面對林鋒的提問，林俊完全不敢說謊，而是很老實地承認道：「我之前是騙你們的，我沒有找人看過。」

安然憂心忡忡地說道：「我眞的不是騙你，你確實是被一些很不好的東西纏上了。相信我，我是眞的看到有東西附在你身上，而且剛剛在公園也看到了。她還比先前變得更加強大，你還是快點找人看看爲妙。」

對於剛剛發生的事情，林俊自己也覺得很怪異。可是他一想到要找那些神婆啊、廟祝啊什麼的去做法事驅鬼，便感到萬分不願意，這種事情眞是又土又丟臉耶！

「也許我只是夢遊而已呢？要是眞有東西附在我身上，我又怎會一點兒也感受不到？你說世上有鬼魂存在，那證明給我看啊！」

林俊的話讓安然犯難了，他至今還搞不清楚自己怎麼會突然擁有陰陽眼呢！除了偶爾看得見靈體，他便沒有任何特殊能力，實在不知道到底該怎樣證明給林俊看。

見安然啞口無言的樣子，林俊更加肯定這人就是在唬他的。那些江湖騙子明明沒有實力，卻總愛把事情吹噓得很嚴重，結果受害人在心慌意亂下便很容易病急亂投醫。這種事情屢見不鮮，雖說林俊從沒遇過這種事，但電視新聞不時有相關報導。正所謂沒吃過豬肉，也看過豬走路不是嗎？

就在林俊正為自己的英明沾沾自喜之際，林鋒一句話卻讓他從天堂直直墜進地獄。「你明天向學校請假，我陪你到廟宇看看。」

「二哥！」

不理會林俊氣急敗壞的抗議，林鋒抱著雙臂淡淡說道：「你不用再說，我意已決。」

看林俊垂頭喪氣地不再說話，林鋒轉向安然說道：「今天眞是謝謝你，這事情我會盡快解決的，請不用掛心。」

安然點了點頭，猶豫片刻後，說道：「雖然我除了能看見鬼魂以外，並沒有什麼其他能力，但如果有任何事情要幫忙，你們可以找我商量。」

林鋒有點訝異安然這麼一個低調的人，竟會主動說願意幫忙。雖然對於林俊是否被附身，林鋒也只是半信半疑而已，但安然的話還是讓他感到心裡一暖，向青年頷首應允下來。

如果安然知道一時心軟會讓他陷入危險之中，也許就不會做出這個承諾了……

第二天天還沒亮，安然便被林鋒拍醒。

「安然，阿俊不見了！」

睡眼惺忪的安然，聽到林鋒的話後立即睡意全消，一臉焦慮地詢問：「到公園找過了嗎？」

「不止公園，整個屋苑我都找過了。有住戶說看到他上了小巴，往市區去了。」相較於安然的焦慮，林鋒顯得很冷靜。不知情的人看見，說不定還會誤以爲滿臉擔憂的安然，才是林俊的哥哥。

「安然，我需要你的協助。你不是曾說我從阿俊之前的租屋帶回奇怪的東西嗎？我想到那房子看看。」

聞言，安然有點退縮地說道：「但我也只是看得見而已，也許找些眞正能夠驅鬼的師父……」

「沒這個時間了！」

「那……你們不是有錢人嗎？也許可以向家裡求助，即使一時找不到有眞材實學的師父，喚一群保鑣隨行也可以啊！」至少心裡比較踏實——安然在心裡暗暗加上一句。

「求助家族，這更加不可能。」

「咦!?爲什麼？」

「我家長輩因爲某些原因，對於迷信深惡痛絕。要是被他們知道阿俊的事情，他們只會把我們批評一遍後，將人抓去看心理醫生。至於你說的保鑣則根本不需要，憑我的身手，已足以保障我們的安全。」

聽著高手充滿霸氣的話，安然小聲嘀咕道：「你以爲我們面對的是恐怖分子嗎？那可是鬼耶！人多至少可以壯膽嘛……」

「你說什麼？」

「呃……我是說，我還不知道林俊先前租的房子在哪。」

「他離家出走後暫住在寶湖花園，也是在大埔區，從這裡坐車過去的話十分鐘便到了。」

安然想了想，寶湖花園有那麼多住戶，要是有個萬一，大聲喊救命應該不會沒人理會吧?

於是點了點頭道:「好的!讓我先換套衣服。」

異眼房東の日常生活

第七章

安然匆匆梳洗一番後，便與林鋒趕至林俊之前租住的房子。雖然林俊已經搬走數天，但房間仍未退租，再加上林鋒有著這房間的鑰匙，因此兩人暢通無阻地來到了目的地。

寶湖花園的外牆雖然這麼多年來從沒缺少保養維修，但樓宇外觀看得出些許歲月痕跡，與旁邊新建的「富盈門」大廈有著明顯對比。

林俊租住的房間雖然不大，但光線充足、裝潢光鮮，居住環境著實很不錯，也難怪那個嬌生慣養的大少爺願意租住。

不然以林俊的性格，如果租住環境不符合理想，他說不定早已無法堅持離家出走的計畫，選擇與家裡妥協了。

寶湖花園這種住宅大廈與住戶偏少的村屋不同，每個樓層有八戶人家，這讓有點膽怯的安然安心不少。至少發生事情時，該不會叫天不應、叫地不靈。

當對手是鬼魂時，林鋒這名武林高手實在無法給予安然足夠的安全感。

由於日常用品都被搬走了，留下的只有一些本來屬於房東的大型家具，讓這個面積不算大的房間顯得很寬敞。兩人前後察看了一周，卻沒看到林俊的身影。

「這裡一目了然，並沒有能夠藏身的地方。我們似乎都猜錯了，林俊不在這裡。」安然邊說，邊把屋裡的半開窗簾全部拉開。雖然這裡給他的感覺很普通，進入至今也沒有發生任何異常狀況。但在先入爲主的想法下，安然心裡還是覺得毛毛的。

隨著安然的動作，猛烈的陽光頓時照得室內明亮起來。安然不禁瞇了瞇雙眼，並舉起手阻擋一下迎面而來的陽光。

「既然如此，也顧不得隱瞞家裡，只得通知家族派人尋找了。」林鋒說罷，便拿出手機想要求助。

「等等！鋒……鋒哥，你快過來看看！」

安然突然發出驚恐的尖叫，林鋒連忙停止撥號，飛快跑至安然所站立的窗前！

順著安然的視線看過去，竟見玻璃窗上映著一些奇怪的影像。

浴室中，一個女子的身影投射在玻璃上。女子先把棉被放在浴缸中，其後便把一具女性屍體放在棉被上，並往屍體撒上紙錢。

隨後女子拿起一把長刀，手起刀落地將橫放在浴缸裡的屍體分屍。女子除了使用大刀，甚至還準備鋸子，以及掛燒肉用的鉤子等工具！

因角度問題，兩人看不清楚肢解過程。隨著女子每斬一下都帶出豔紅的血花，他們彷彿能嗅到濃烈的血腥味。

接著女子更往屍體淋上一些酒精，用紙錢點火燒屍。女子不小心在臉上燒出幾顆水泡，在火光映照下，一張原本娟秀的臉龐變得恐怖猙獰。

這影像就像一齣正在螢幕播放著的默劇，大約出現了五分鐘便消失無蹤。

直至這恐怖的影像消失，安然與林鋒還是愣愣地盯著窗戶看。理論上，玻璃窗是絕對無法把其他房間的影像投射上去的，然而這無法解釋的事情卻是實實在在發生了！

林鋒率先回過神來，上前檢查這奇異的玻璃窗。然而最終卻確定了這的確只是普通的玻璃，並沒有任何特殊之處。

安然此刻也緩和過來，在大埔土生土長的他，很快便從眼前奇怪的影像，聯想到多年前一件駭人聽聞的案子。他道：「寶湖花園、燒屍、一大堆燒臘店的工具再加上肢解……天啊！該不會是多年前的炸屍案吧!?」

這凶殺案發生時安然還未出世，他之所以記得這麼清楚，是因爲案件中凶手處理屍體的方法非常殘忍血腥，甚至還影響到當時大埔區居民的生活，讓大家好一陣子都不敢吃燒臘。而且後續還出現不少奇怪的靈異事件。當時案件轟動了整個香港，後來還被改拍成電影，不少靈異節目也以此爲題材。

安然記得受害人是名燒臘店老闆娘，被認識多年的燒臘店合夥人、同時也是她丈夫的情婦所殺害。

女死者遭丈夫情婦勒斃後，凶手取走燒臘店的大刀、鋸子等工具將屍體肢解。爲了徹底毀屍滅跡，凶手還用熬製乳豬與燒鴨的滾油淋於殘肢上，更把死者的頭顱以及一些殘肢丟進熱油桶裡煮。

部分殘骸放在黑色垃圾袋，被棄置於郊野公園。部分則製成糖醋排骨於店內出售，當年這間燒臘店在區內很受歡迎，這些人肉糖醋排骨很快便被居民買走，並吃進肚子裡……

事後凶手還若無其事地照常到街市煮齋，並冒充死者寫信給丈夫；然而死者丈夫認出信中的字跡並非死者，於是便到警局報警。後來又有一對夫婦在郊野公園發現死者殘肢，始揭發這宗駭人聽聞的命案。

安然記得這宗肢解案件，凶手被判謀殺罪名不成立，但誤殺罪名成立，最終只判了六年牢獄，現在早已刑滿出獄。

傳言因爲凶手判刑過輕，以致死者冤屈難伸，因此一直徘徊於案發現場不肯離去，區內也多次傳出鬼話。

住在大埔的居民，對這宗案件絕對不會陌生。因此當看到那超自然的影像時，安然立即聯想到這恐怖的炸屍案。

「難道林俊租住的這個房間，正是當年肢解案的凶案現場嗎？」安然一想到這宗案件的殘忍程度，立即起了一身雞皮疙瘩。

林鋒道：「不，凶宅都有資料記錄，在網上很容易便能查到。阿俊應該有上網看過才決定租下來。如果是凶宅，即使再便宜他也不會租的。」

說罷，林鋒再度拿出手機，連接網路搜尋相關資料。畢竟這已是多年前的案件，很多細節都忘記了。

「寶湖炸屍案的地址……」

聽到林鋒喃喃自語，安然心裡生起一股不祥的預感，道：「呃……鋒哥，你查那個凶案現場的地址想要做什麼？」

林鋒一臉理所當然地說道：「反正我們都來了，就順道過去看看吧！」

「什……什麼!?鋒哥你要過去嗎？」安然睜大雙眼，就連話也嚇得說不俐落了。

林鋒聞言更正道：「不是『我』，是『我們』才對，你陪我走一趟吧！」

「不不不不！鋒哥，你就饒了我吧！我在樓下等你好不好？」安然連連搖頭。他是很容易心軟的老好人沒錯，可是幫人也要在能夠保障自身安全的大前提下。他又不是聖母，可不做那種傻傻闖凶宅的事，何況剛剛還出現那麼不可思議的肢解影像！

林鋒沒有與安然廢話，被拒絕後他也不動怒，只是舉起拳頭淡然詢問：「知道這是什麼嗎？」

「……」

「你想自己跟我走，還是被我打暈後抬過去？」

「呃……我自己走就行了，請、請讓我同行！」

對於安然的識相，林鋒滿意地點點頭，將舉起的拳頭放下。

滿臉不情願地跟隨在林鋒身後，安然眞想賞自己兩巴掌。當初誰教自己多管閒事呢？現在想要抽身已經來不及了！

一臉鬱悶地看著林鋒的背影，安然比較了下兩人的武力值，最終無奈地嘆了口氣。

這個社會，果然拳頭大就是道理啊……

炸屍案的案發地點在B座十六樓B5房，正好就是林俊租屋的下層。發生凶案後，這間房便成了有名的凶宅，一直閒置至今。也不知道是否心理作用，安然總覺得這個樓層給人一種死氣沉沉的感覺。

步出電梯的瞬間，安然便覺得四周莫名變得昏暗。雖然燈泡依然亮著，但走廊卻顯得灰暗，彷彿就連燈光也無法照亮這樓層。

兩人很快來到了當年出事的房間。林鋒試了一下，發現應該鎖著的大門竟然沒有上鎖，這更增加了失蹤的林俊也許會在裡面的機率。

就在林鋒推開大門的瞬間，一道人影倏地從門後襲來。林鋒銳利的雙眼危險瞇起，在安然的驚呼聲中迅速抓住對方握著凶器的手，長腿凌厲地掃過對方腳踝位置，讓失去重心的偷襲者凌空翻了個華麗的空翻後，重重摔在地上。

安然的驚叫聲倏地停止，取而代之的是滿眼的崇拜。

果然是高手啊！太強了！

安然不知道的是，要不是林鋒那卓越的動態視力在出手瞬間便看清楚敵人的容貌，他下手的力道絕對不只如此！至少偷襲者斷掉一、兩根肋骨是免不了。

林鋒無視安然崇拜的眼神，皺起了眉頭，看著地上摔得不輕的偷襲者低斥道：

「阿俊，你幹什麼!?」

「咦！他是林俊!?」安然此時才看清楚對方的容貌，隨即爲青年此刻的狼狽驚訝不已。

衣著一向光鮮整潔的林俊正被林鋒壓制在地，身上的衣服因倒地而沾染上礙眼的灰塵。瘋狂且滿布血絲的雙瞳，使他英俊的臉龐變得猙獰，彷彿成了另一個人。

最讓安然震驚的，是林俊握著凶器的手。

林俊手中的武器竟是一片尖銳的玻璃碎片！

林俊抓住玻璃片的手早已被割得鮮血淋漓，怵目驚心的血跡讓從沒見過那麼多血的安然不敢正視，心想他的手該不會是廢了吧？

神智不清的林俊彷彿完全感覺不到痛楚，不停揮動握著凶器的手，想要掙脫林鋒的箝制。

看著林俊因掙扎而血如泉湧的右手，林鋒皺起眉，隨即竟毫不猶豫地賞了身上有傷的弟弟一巴掌！

「你瘋夠了沒!?」

林鋒出手很狠，只見林俊半邊臉迅速腫脹起來，嘴角還流下一絲血痕。安然不禁暗暗咋舌，心裡不由得吐槽起電視劇裡那些女藝人被打了一巴掌後依然美貌如昔，就只是臉頰紅了一點的情境果然是騙人的！

在林鋒被林俊惹出怒意的瞬間，安然看見一道鮮紅的血氣從林鋒身上散發出來。當他打了弟弟一巴掌時，那股血氣便隨著肉體的撞擊，將一個女性的鬼魂逼出林俊身體！

「嘶……痛痛痛！痛死我了！」可憐剛恢復神智的林俊還未弄清楚狀況，便被身上的傷勢痛得什麼也顧不上了，只是連連抽了幾口氣後，大呼小叫地喊痛。

看到林俊恢復理智，林鋒便放開壓制對方的手，並接過安然遞上的面紙替弟弟清理一下手上的血跡。觀察過林俊的傷口後，林鋒緊皺的眉頭總算緩和下來，道：「傷口很深，但若及時處理也不算太嚴重。現在先這樣用面紙按住吧。到了醫院再清理，這深度應該要縫針了。」

「二哥，發生什麼事？這裡是哪？我的手……還有臉是怎麼一回事⁉」

「這裡是你先前租的房間樓下，今早發現你不見了，我們找來時你已經神智不清，還手握玻璃碎片想要攻擊我們。你的手是自己抓玻璃當武器時弄傷的，臉上的傷是我打的。」

「二哥，太過分了！那麼多地方不打，怎麼偏偏打臉啊⁉」

「不打臉你怎麼會長記性。要是你先前聽安然的話找人看看……」說到這裡，林鋒忽然住口了。

林鋒的異常吸引了林俊注意，順著兄長視線看去，觸目所及是安然略顯單薄的背影。

只見安然臉色蒼白，神情僵硬地死死盯住浴室的方向，驚懼的眼神彷彿看到什麼恐怖的事物。

「二哥，他在看什麼？」安然的表現讓林俊感到很不安，如果說昨晚他還堅持自己只是夢遊，那這次他莫名其妙來到這裡，還不顧自身傷勢，手握玻璃碎片攻擊林鋒這點便說不通了。

要是說林俊昨晚仍對安然的話嗤之以鼻，那現在卻已相信了七、八成。

林鋒無法回答林俊的詢問，因爲在他眼裡，這個有點焦黑的浴室內什麼也沒有。可是安然驚懼的眼神卻絕對假不了，顯然是看到一些他們看不見的東西，而且那還是非常恐怖的場面！

安然不知道林家兄弟的驚疑，此刻他的心神全部被浴室內的恐怖場面給攫住。

當女鬼被林鋒逼出林俊體內時，安然的視線不禁順著靈體消失的方向看去，卻看到浴室中一個手起刀落的身影。熟悉的影像，正是先前在林俊前住處往外看時，投映於玻璃窗上的影像。

由於已有過一次經驗，因此再次看到這科學解釋不了的影像時，安然並沒有過於吃驚，也說不清楚這案件重演般的影像到底代表什麼。是空間的記憶？還是死者的怨念？

有點焦黑、已被斬斷雙臂的赤裸女屍被放置在浴缸裡，安然看了一會兒，才認出死者正是昨晚在公園看到的女性靈體。沒有衣服的遮掩，屍體上的傷口看起來更是怵目驚心。安然從小便有點怕血，光是看到這些傷口已覺得很難受。實在很難想像，到底是怎樣扭曲殘忍的人能下得了手，更何況肢解的還是認識多年的人？

這影像就像先前所見的故事後續，很快，一段血腥、殘暴、變態的肢解影像，完整地呈現在安然面前。

凶手拿著鋸子跪坐在浴缸前，她身材纖瘦，然而此刻卻沒有女性的溫婉可人，有的只是變態的猙獰與瘋狂……

當她鋸斷屍體的大腿時，隨著肌肉的顫抖，原本平躺的屍體竟然倏地坐了起來！

凶手嚇得大驚失色，可是定下神來以後，這恐懼卻變成了憤怒。只見她一臉怒容地加快手上動作，並將殘肢掛於鐵鉤上，過程就像在燒臘店處理準備拿去烤的乳豬屍體……

「安然！安然！」

誰都看得出安然的狀況很不妙，只見他的臉色愈發變得蒼白，雙眼透露出來的恐懼彷彿看見什麼非常恐怖的事物。林鋒喚了幾聲試圖引起對方的注意，發現沒有效果後便舉步向安然走去。林俊見狀，也忍著痛楚緊跟在兄長身後。

見安然對自己的呼喚彷若未聞，林鋒挑了挑眉選擇更爲直接的方法，把自身高大的身軀橫擋在安然身前，阻隔了青年凝望著浴室的視線。

恐怖的血腥場面被林鋒遮擋，安然這才終於回過神來。只覺得雙腿發軟，一身冷汗更是把衣服都濕透了。看到安然一副快要暈倒的模樣，林俊嚇了一跳，道：「喂，你沒事吧？怎麼你看起來比我這個重傷患還要慘？」

林鋒瞟了自家弟弟一眼，道：「只不過割傷了手掌，你這算什麼重傷？」

「怎麼不算？都流血了，到醫院還要縫針。我只是個普通人啊，別把你的超人標準放在我身上！」

在林家兄弟說話的同時，安然正一點一點恢復過來，發軟的雙腿也恢復了些氣力。

「我……」安然一開口說話，才發現自己的喉嚨乾得不像話，嚥了嚥口水才接著道：「我沒事，我們還是快點離開這裡吧！」

林鋒雙眼精光一閃，道：「你看到什麼？」

安然用著依舊乾巴巴的嗓音回答：「看到了凶手在浴室裡肢解屍體的畫面。」

林鋒沒有再問下去，一手扶著安然，一手則拉著林俊沒有受傷的左手，一言不發地往外面快步走！

不明所以的林俊，在看到兄長難得凝重的表情後也不禁緊張起來，連連詢問：「怎麼了？什麼肢解？你們到底在說什麼!?」

安然邊走邊簡單解釋道：「這個房間，是多年前寶湖炸屍案的凶案現場。」

「幹！」雖然案發時林俊還未出世，但也聽說過這宗案件。一聽到自己闖入的地方竟然是那處聞名香港的凶宅，原本已經不算慢的步伐，立即再加快了幾分。

當眾人來到電梯前，安然忽然提議：「我們不如走樓梯吧？」

習慣了事事與安然爭論，林俊聞言立即反駁道：「爲什麼好好的有電梯不坐，偏要爬樓梯？這裡是十六樓耶！而且我還受了傷！」

說到這裡，林俊突然緊張地追問：「你該不會又看到什麼吧!?」

安然囁嚅著道：「不是……只是想到鬼片裡，不是經常會出現電梯相關的情節嗎？想想裡面是密閉空間，要是有鬼的話，我們便只能困在一起作困獸鬥……」

其實安然沒有說的是，剛才的解釋固然是原因，但看到電梯時他最先想到的，卻是那位「停駐」在他公司電梯裡的「焦炭君」。

人家「焦炭君」都可以霸佔住電梯不走了，那同理，萬一這女鬼也闖入電梯，到時候他們卻又走不出去，怎麼想都很糟糕呀！

聽到安然的解釋，林俊腦海裡閃過鬼片裡有關電梯的片段，臉色立即變得更難看，於是默許了安然的建議。

至於林鋒則是自始至終都擺出一副以安然馬首是瞻的架勢。雖然他對自己的身手很有信心，但正所謂術業有專攻，見識過安然的神祕能力後，林鋒非常重視對方的意見。只要不是太過分的要求，他都會盡量配合。

即使安然從一開始已坦言他只是偶爾看得見，完全不具備任何驅邪捉鬼的能力，但這樣也比林家兄弟好太多了。至少不像林鋒空有一身武力，可是面對鬼魂的威脅卻像個瞎子。

見大家都同意了，三人便推開逃生門，準備從逃生通道離開。迴旋型的樓梯狹窄，四周光線昏暗。由於狀況並不尋常，他們比平常更加小心翼翼。爲免發生意外，三人趕路之餘，不忘邊走邊扶緊旁邊的柵欄。

無驚無險地下了數個樓層後，林俊想看看還有多久才能到達地面。於是在經過下一層梯門時，抬頭看向寫著樓層數的牆壁。

怎料這一看，青年嚇得一個踉蹌、差點摔倒！

在逃生門旁邊，林俊清清楚楚地看到的數字是——16！

異眼房東の日常生活

第八章

「二哥！你快看！」驚慌之下，林俊一時忘了手上的傷，猛然使用慣用的右手指向樓層數字的後果，便是手掌才剛止血不久的傷口立即裂開，鮮血像下雨般滴落在樓梯上。

林俊立即蒼白著一張臉彎腰握住右手，痛得說不出話來。

「嘩！你做什麼!?」安然慌忙取出乾淨的面紙替林俊重新按住傷口。看著潔白的面紙迅速被鮮血染紅，安然嚇得移開視線不敢繼續看下去。

其實安然有時候也覺得自己怕血的狀況有點古怪，他不是單純怕血，讓他覺得心驚膽戰的只有活生生生物身上的傷口。屍體上的鮮血他雖然會覺得噁心，卻不會害怕得不敢看。

只要看到別人的傷口，他便不禁覺得痛起來。反而自己受傷時也許因為早已知道痛苦程度，所以感覺還好。

雖然這種怕血的情況有點奇怪，可是無論如何，還是比看到血便害怕為好吧？

安然記得小時候有位很怕血的朋友，有次自己流鼻血，血量實在頗為可觀，結果對方竟然一臉蒼白地告訴正在流鼻血的自己，說他有點暈眩，還問自己他該怎麼辦。

結果安然在流鼻血的同時還要分神安撫對方，最後老師趕到時，對方那臉青唇白的樣子比他更像流鼻血的那一個……

邊想著無關緊要的事情分散注意力，安然邊幫林俊止血。此時林俊也終於從劇痛中恢復過來，看到安然發白的臉，青年語帶嘲笑地揶揄道：「喂！你該不會是怕血吧？像個女人似地，真沒用！」

安然瞪了林俊一眼，卻沒有像往常般出言反駁，這種時候他已沒心情與一個傷患斤斤計較。

雖然林俊嘴巴上嘲笑安然，但其實內心還是有點小感動。畢竟安然與他算不上熟絡，甚至兩人還常常有些摩擦。即使如此，對方還是願意按捺著心裡的害怕來幫他止血，光是這點已說明了安然純良的性情。

何況林俊很清楚，安然並不知道林家真正擁有的勢力，以及家族代表的意義。除了親人與幾名從小一起長大的兄弟，林俊已經很久沒有感受到這種不帶任何功利心態的關懷了。

因此，林俊雖然一時間拉不下臉向安然道謝，而且態度也說不上友善，但其實已經把安然歸爲可以結交的友人之列。

只能說，這位大少爺的性格實在太彆扭了。

林鋒自然也看到林俊自己把傷口弄裂了，不過他知道林俊頂多多受些皮肉之苦而已，再加上已有安然幫忙處理，因此並沒有太在意，反倒把注意力放在林俊指給他看的樓層數字上。

當看到代表著樓層的數字時，即使是素來喜怒不形於色的林鋒，也不禁神色大變，感到深深的挫敗與無力感。

想不到他們走了那麼久，竟然還一直停留在十六樓！

不過林鋒心性堅毅，只稍微失神了瞬間便把心態放穩。銳利的眼神從樓層數移開，他走到林俊身邊，按住對方手臂的某個位置，道：「按住這裡不要放手。」

就在林鋒手按下去的瞬間，傷口的出血竟然立即變得緩慢，輕易便被止住了。

「點穴!?」安然看得眼珠子都快要掉下來了。

原來小說不是騙人的，武林高手眞的懂得點穴的耶！

看到安然崇拜的眼神，林俊驕傲地仰起了頭，道：「少見多怪！」

安然牙癢癢地反瞪了林俊一眼，心想又不是你懂得點穴，傲什麼傲？

林鋒沒有理會兩人之間小小的戰火，只是研究著防火門旁邊的數字，安然此時才想起林俊先前的異樣，於是也順著林鋒的目光看過去。結果不看還好，一看便嚇了一跳，同時也明白剛剛林俊為何會如此震驚了！

此時三人也沒有了說話的心思，一時間氣氛變得凝重起來。

良久，林俊率先打破沉默，道：「我肯定我們已經離開十六樓，還走了至少三層。」

聽到他的話，安然也頷首贊同。

林鋒問：「安然，你沿途有看到什麼奇怪的東西嗎？」

安然搖搖頭，道：「不……我也是剛剛才發現還是在十六樓。在此之前也只是很平常地在走樓梯，沒有任何特別的事情發生。」

「也就是說，這樓層數只是幻覺，其實我們已經身處其他樓層了？」林俊猜測道。

林鋒卻提出另一個可能性道：「又或者我們剛剛下樓梯的過程根本就不存在，只是一直在十六樓打轉。」

安然不安地詢問：「現在怎麼辦？」

「這樣下去不行，我們報警吧！」林俊很乾脆地提議。

安然爲難地抓抓頭髮，道：「可是報警時該怎麼說，說我們在逃生通道迷路嗎？」

「只得虛報說看見有人在逃生通道販毒……」

「喂喂！這是浪費警力的虛報，要坐牢的！」

「那又怎樣，先前不是有個女人因爲長靴脫不下來報警，結果出動消防員幫忙脫長靴嗎？我們再怎樣也沒有她誇張吧？」

此時，林鋒打斷了兩人的討論，道：「你們不用爭辯了，我發現從剛才手機就已收不到訊號，也無法上網。」

「咦！眞的……」

林鋒續道：「總而言之，即使這是鬼打牆，大概也只是障眼法的一種，我們只要繼續往下走，總能到達地面的。」

安然兩人沒有異議，於是三人繼續往下走，可是走了好一會兒，也經過數次寫著樓層層數的逃生門，然而標示的樓層數卻永遠都是「十六樓」。

他們數著出現「十六樓」的次數，當第十六次出現「十六樓」時，三人決定停下來。畢竟要是單純的障眼法，走了這麼久應該也到達地面了吧？

雖然整個過程中，安然並沒有看見任何奇怪的東西，可是他卻覺得非常不安，甚至比起在凶案現場看到肢解過程時更甚。那種怎麼走都無法走到盡頭的感覺，沒有經歷過的人，無法眞正想像到當中的無助與恐懼。

此時安然非常慶幸他不是獨自面對這種狀況，至少現在他還能夠與同伴一起討論、一起探索，也不至於太過恐慌。

林俊的額上全是冷汗，失血再加上痛楚，讓他感到陣陣暈眩。他道：「好厲害的鬼打牆，她是鐵了心要把我們留下嗎？」

安然聳了聳肩，道：「那要問你了，你到底是怎麼招惹到她的？」青年口中的「她」，自然是炸屍案中那名被人製成了糖醋排骨出售的死者，也是這段時間附在林俊身上的怨靈。

「我怎麼知道！我也只到過那裡一次而已，停留不到五分鐘便離開了。」林俊表示自己比竇娥還冤。

「好端端的你怎麼會跑到那裡？」

「還不是因爲妙妙發脾氣躲著我……我追著她來的。」

妙妙？

正當安然爲突然出現的陌生人名一頭霧水之際，林鋒卻已一臉不高興地說道：「所以我不是說過，叫你不要老是拈花惹草嗎？又不是不知道她是個醋罈子。」

聽到林鋒的話，安然總算了解一點內情了。原來妙妙是林俊的女朋友啊……

等等！林俊不是已經有未婚妻了嗎!?

也就是說，他因爲逃婚而離家出走的主要原因，是爲了與一位名叫妙妙的女生同居？

然後同居的同時，這個渣男還到處拈花惹草？

「咦！你現在搬到我家了，那妙妙小姐怎麼辦？」安然忽然想到一個很重要的問題。

林俊嘆了口氣，道：「只好暫時與她分開……對了！她要是過來與我一起住，你會介意嗎？她會與我住在同一間房間，不會佔地方的。」

安然攤了攤手，道：「抱歉，我滿介意的，這不是佔不佔地方的問題。」

聽到兩人說著說著已完全離題，林鋒便把話題拉了回來道：「繼續往下走看起來是行不通的了。現在還有兩個方案可以選擇：嘗試往上走，看看能不能擺脫這種狀況，又或者離開逃生門轉用電梯。」

「可是萬一我們往上走或者坐電梯，也是像現在這樣一直到不了盡頭那怎麼辦？」林俊說罷，更開始幻想恐怖的場面，不禁臉也黑了。

光是樓梯已讓他感到非常陰森，要是換成電梯那種密閉的空間，那還讓不讓人活啊!?

安然靜默了半晌，率先表態，道：「呃……我選擇第二個方案。」

安然的話讓人出乎意料，林鋒露出感興趣的神色，想聽聽對方爲什麼會這麼選擇。畢竟安然一直以來的表現都不像個膽子大的人，林鋒本來還以爲他會選擇第一個方案。

林俊挑了挑眉，一臉嘲諷，道：「明明先前是你說別搭電梯的吧？」

林鋒道：「阿俊你先安靜一下，聽聽安然怎麼說。」

聽到林鋒發話了，林俊只得閉上嘴，只是誰都能看出他的不情願。

安然解釋道：「由於我的特殊體質，所以我對於靈界方面的事情想得比較多。也許鬼魂確實能夠拉低人的運氣，甚至讓人生病、產生幻覺。可是我認為再厲害的鬼魂也無法直接加害在世的人，不然這個世上哪會有那麼多逍遙法外的壞人？要是鬼魂的力量真的強大到能夠輕易左右人們的生死，那些被害者只要化成厲鬼，自行向凶手索命就好了。」

安然的話讓兩人若有所思，然而林俊想了想，卻發現了矛盾之處，他道：「既然如此，那我們這次的事情怎麼解釋？」

安然整理了一下思緒後，這才續道：「科學一點的說法，鬼魂是死者殘留在世間的腦電波，我則認為是一些帶有執念的靈魂。因為鬼魂沒有實體，因此他們對在世之人的影響，大多是以影響人的思維為主，例如現在的鬼打牆便是其中一種。雖然我們自以爲已往下走了數層樓梯，但其實只是一直在十六樓打轉，根本從未離開過這樓層。」

林俊張了張嘴，他想反駁安然的話——那些外國的知名鬼屋，不是強悍得把杯盤弄得滿屋飛、大門又會自動開關嘛？不過想想這些都是傳聞，也不知道當中是否有被誇大。何況涉及魔鬼的話已經是宗教範疇了，卻又與現在的鬼魂作祟有所不同，因此林俊最終也就沒有作聲。

林鋒倒是較認同安然的見解，他之所以一直認爲世上根本沒有鬼魂的存在，除了因爲家裡的影響，更是因爲那些把鬼魂描述得過於神通廣大的鬼故事，實在有太多不合理的地方。

確實如同安然所說，要是鬼魂都那麼厲害，那還要警察做什麼？

「所以你的意思是，如果選擇電梯的話，無論我們受鬼魂干擾產生什麼幻覺，也影響不了電梯自主下降對吧!?」林鋒問。

安然點了點頭，道：「是的，即使我們選擇沿著樓梯往上走，也不排除會繼續遇上鬼打牆的狀況。可是搭乘電梯的話，她不至於強大得能影響電梯上下吧？」

「聽起來好像滿有道理的……」雖然很糾結電梯在鬼魂的影響下是否真的能順利照常運作，最終林俊還是被安然說服了，林鋒也頷首認同。

「那……我們過去吧！」聽到兩人都認同自己的選擇，安然也不好表現得太膽怯，率先推開逃生門走了出去。

很快地，林俊便尾隨安然步出，由於林俊的手不方便，殿後的林鋒便替他撐著逃生門。然而當林俊步出後，逃生門卻突然「啪」地關上！

兩人嚇了一跳，林俊高聲詢問：「二哥，你沒事吧？」

然而逃生門的另一端一片寂靜，並沒有傳來林鋒的回應。

此刻，平平無奇的逃生門，在兩人眼中仿如一頭嘴巴大張的猛獸，等著他們自投羅網，好一口將人吞噬得連骨頭也不剩。

安然吞了吞口水，他實在不想當那個打開逃生門的人。如果是平常，他還會與林俊爭執一下，但現在對方有傷在身，總不能讓傷患打頭陣。即使安然覺得他們之所以會陷入這種困境，林俊實在要負很大的責任。

根據香港的消防條例，每層樓的逃生通道都要設置逃生門。在以前，安然會把這視爲生命的保障，可是現在，他卻覺得這道逃生門面目可憎了起來。

安然一咬牙，鼓起勇氣推開眼前的大門。雖然他覺得他們從沒脫離靈體的關注，但在推門時，他還是下意識放輕了力道，躡手躡腳地進去。

先前林鋒在的時候，安然沒少嘀咕高手面對鬼魂時沒啥用處。但現在林鋒不在了，卻又覺得沒了靠山似地非常不安。

雖然安然特地放輕力道，可惜事與願違，門合葉有點生鏽的逃生門一動便發出令人牙酸的怪聲，聲量雖然不大，但在這種寂靜的環境下還是非常明顯。

既然已發出這麼大的聲響了，安然把心一橫，扯開嗓子大喊：「鋒哥！你在哪裡!?」

可惜只隔了短短數秒，逃生通道中便已完全看不見林鋒的影子。甚至安然已如此大叫大嚷，同層的幾個房間卻是門戶緊閉毫無反應，彷彿只有他們兩人到了一個與世隔絕的封閉空間。

安然嘆了口氣，只得認命地攙扶著林俊快步往電梯走去，道：「鋒哥血氣旺盛，鬼魂的目標應該不會是他，也不用太爲他擔心。現在找不到他也沒辦法，我們還是先搭電梯下去吧……呃……你還好嗎？」

聽到安然的詢問，一臉蒼白的林俊強打起精神，倔強地說道：「我沒事，走吧！」

雖然傷口的血已經止住，但由於一直沒得到妥善的治療，被凝固的血塊與浸滿鮮血的面紙覆蓋著的傷口，一直透出陣陣劇痛，再加上精神一直處於緊繃狀態，以致林俊開始感到陣陣暈眩，更在自身也察覺不到的狀況下發起低燒。

安然撇了撇嘴，雖然覺得林俊之所以如此狼狽，實在是他自作孽，同時卻又有點佩服對方的堅忍。對於林俊這種溫室的花朵來說，他的表現已經算是很好的了。

看到林俊硬撐的模樣，安然不禁心中一軟。這還是個沒經歷過社會洗禮的粉嫩大學生，還只是個孩子。一想到這裡，安然不由得關心道：「要是眞的很難受，我們可以歇一歇再走。」

可惜林俊卻對安然的善意全不領情，道：「你很婆媽耶！都走了這麼久，也不差這一會兒了。」

安然抿了抿嘴，也不再自討沒趣。他就不明白怎麼這個人總能挑動他的神經，說不到兩句話就能惹起自己的怒氣。

逃生通道與電梯之間的距離不算很遠，當兩人按下電梯按鈕時，安然忽然有種芒刺在背的感覺。這種感覺很玄妙，沒有任何依據，可是他卻實實在在地感到來自背後強烈的注視。甚至安然還能想像出那股不友善的目光，正是來自一雙帶有強烈怨恨的雙眼！

面對未知的恐懼，人們總是希望選擇逃避。彷彿只要不去看、不去證實，危險便不會存在。安然也是個普通人，他當然也有這種掩耳盜鈴的心態。在感覺到不祥的注視時，首先的反應便是把目光死死定在電梯門上，完全不敢扭頭往後看去。

但下一秒，安然便醒悟到現在他們唯一能夠依靠的，便是他那雙偶爾能夠看見靈體的陰陽眼，自己這種逃避的想法非常不智，只有知道到底發生了什麼事情，他們才有避開危險的機會。

就在安然準備回頭察看之際，林俊的驚呼聲已然響起：「看！」

電梯金屬門略帶模糊地反映出兩人的身影。只見位處他們背後的走廊盡頭，竟漸漸變得漆黑一片！

安然無法準確知道他們到底在逃生通道走了多久，但他肯定現在還只是白天而已，即使走廊的燈光全部熄滅，也不會像現在這般黑暗！

此刻，走廊盡頭伸手不見五指的漆黑，正以緩慢卻穩定的速度朝兩人所在方向推進，給予兩人強烈的壓迫感。

這卻只是林俊所見的景象，在安然眼中，卻又是不同的景色！

一個滿身傷痕、身上布滿燒傷與水泡的女子正緩步向他們走來。女子走過的地方皆被一股奇異的力量染黑，伴隨著黑暗而來的，還有陣陣燒肉的香味！

她不像鬼故事所描述的鬼魂般在半空飄蕩，眼前的女子就像個活人般，緩慢、歪歪斜斜地往前走，唯一不同的便是她那雙沒有穿著鞋子的雙腳腳跟，在前進時很詭異地沒有觸碰到地面。安然覺得女子那幾乎與一般人相同，卻又帶著異常的動作，反而比超自然的飄浮現象更恐怖。

女子每走一步，身上便有某些「零件」掉下，彷彿有一把無形的刀將她剖開。

隨著女子前進，她的雙眼滲出鮮血，手腳離體，頭顱也落到地上，胸口至腹部出現一道很大的缺口，裡面的內臟散落一地！

可是身體的崩潰並沒有讓鬼魂停下前進的步伐，一團黏稠、讓人感到很不舒服的漆黑氣息，將她被肢解破碎的身體連接起來。

這些黑氣，與安然看到林鋒從外面帶回家，以及附在林俊身上的黑霧很相似，安然估計是相同的東西。

此刻鬼魂已沒有人類的形態了。包圍在女子身上的黑氣，把四散的殘肢與血肉聚集成一團，組合成詭異而噁心的物體在地面爬行，執拗地朝著兩人的方向而來！

燒肉的香氣愈來愈濃烈，惹人食欲。然而知悉當年案件的安然，知道死者最後被凶手製成了糖醋排骨出售，這味道十之八九便是燒人肉散發出來的氣味！

只要想到這一點，安然便覺得這香氣熏得他胸悶欲嘔。一旁的林俊雖然看不到鬼魂，但壓迫而來的黑暗還是讓他驚慌萬分，一直瘋狂地按著電梯的按鈕，彷彿這樣能讓它快點到來。

女鬼慢慢逼近他們的期間，電梯上方代表著樓層數的數字一個個亮起，從地下至一樓，然後是二樓……終於，代表兩人所在樓層數的「16」亮起了橙燈。黑暗即將淹沒兩人的瞬間，電梯門終於緩緩打開！

電梯門才剛打開一條狹縫，兩人便迫不及待地擠進去。可惜他們的動作再快也沒用，因爲安全問題，電梯門無論是開啓或關閉都不會太快……

因此，兩人是衝進去了，但還得等電梯門慢慢關上……

即使林俊看不見在走廊爬行著的靈體，但那席捲而至的黑暗任誰也能看出不尋常。衝進電梯後，林俊便驚慌失措地不停按著代表大廳的「G」鈕。即使明知道門並不會因他多按幾次而快上幾秒，但在恐慌下還是不禁做出這無用的舉動。也許他只是單純想做一些事情，來分散心中的恐懼吧？

至於視覺上的刺激比林俊多出百倍的安然，則是在進入電梯後站在最遠離電梯門的角落，怎麼也不願站近門的位置。

電梯內的按鈕位於門旁，因此當「那東西」從半關的門擠進來時，首先碰上的，便是站在門邊拚命按鈕的林俊！

安然顫抖地看著從黑色氣息所連接著的殘破軀體中，那怪物伸出一隻滿是鮮血與水泡的手，緊抓住林俊的腳踝便把人往外拉！

猝不及防下，林俊失去平衡摔倒在地，隨即便被硬拉著往外拖出去！

異眼房東の日常生活

第九章

「救、救命！」林俊的手及時抓住電梯與地面之間的狹縫，順利止住了被拉走之勢。即使如此，他的身體已被拉出電梯。

「安然，救我！」林俊掙扎了兩下，知道只憑自己的力量無法掙脫那股不明力量的糾纏，立即向瑟縮在牆角的安然求救。

然而聽到林俊的呼救聲，安然卻沒有動。此刻他已經嚇壞了，只想離那恐怖又危險的鬼魂遠遠的。他甚至不禁心想，要是讓那東西把林俊帶走，鬼魂是不是會放自己平安地離開？

安然只是個普通的小市民，他沒有作奸犯科的心態，卻也不會想當犧牲自己去救人的英雄。求生是人的本能，面對生死存亡的關頭，人大多是自私的。更何況安然本就與林俊沒有多大交情，甚至他之所以會遇上這些危險，也是拜對方所賜。

眼看安然完全沒有想要救自己的舉動，電梯的門也快要關上，林俊眸子中祈求與希望的光亮逐漸熄滅，被絕望的死灰取代。

看到林俊絕望的眼神，安然一時熱血上衝，身體的動作比大腦更快行動。當安然醒悟過來時，他已經撞開快要關上的電梯門，衝上前拉住林俊將要鬆開的手！

安然眞想賞自己一巴掌，本已打算獨善其身，結果還是心軟了。

既然已經出手拉住林俊，總沒有立即放手的道理，懷著破罐子不怕摔的心態，安然抓住林俊的雙手，開始與鬼魂進行角力。

林俊本來已經絕望，然而看到安然奮不顧身地幫忙，眼中的死灰盡去，閃過了感激。被安然的舉動激發起求生意志，林俊的眸子再次燃起希望，努力想擺脫下半身的束縛。

與什麼都看不見的林俊不同，安然知道林俊之所以一直無法掙脫，並不是女鬼的力道有多大，而是因爲在糾纏之間，那團拼湊出殘肢的黑氣已纏繞在林俊下半身。這股黏膩的黑氣，幾乎把他與女鬼的殘肢纏結在一起，也難怪林俊再努力也掙脫不開。

當安然插手以後，這黑氣便一改先前忽略他的態度，開始張牙舞爪地也想纏住安然。然而她才剛纏上安然的雙手，便立即像被火燒到似地倏地往外縮。情況有點像被林鋒的血氣擊退那樣，甚至她此刻所表現出來的反應，比面對林鋒時更大！

安然知道自己應不具有讓靈體懼怕的體質，否則當初搭公司電梯時，便不會被焦炭君在背部留下掌印了。

電光石火間，安然想起從劉天華手上購買、被對方稱爲護身法器的黑星石項鍊。

低頭一看，安然才赫然發現，一直垂掛在胸前的水晶吊墜，不知何時出現了一道裂痕，而且裂痕還有繼續擴大的跡象！

先前被安然撞開的電梯門正緩緩再度關上，此刻能夠保命的護身法器正逐漸龜裂，安然現在退縮還來得及。可是，他的性格裡卻有著一股倔強與執著，先前沒有插手就算了，現在既然已經插手，他實在做不到把手放開，再度將林俊推進絕望深淵的事。

安然咬了咬牙，鬆開其中一隻拉住林俊的手，拿下頸上的項鍊後，便將它掛在林俊身上。

頓時不只安然，就連林俊也聽到一陣極其淒厲的慘叫聲！隨之而來的，便是掛在林俊頸上的黑星石吊墜「啪」的一聲破碎！

雖然護身符被破壞了，但效果也很顯著。在水晶破碎的同時，糾纏著林俊的靈體也急急往後退，由於先前兩人使盡全力與對方角力，反作用力之下，兩人頓時往電梯裡摔去！

林俊雖然摔得七葷八素，手臂傷口的失血更讓他陣陣暈眩，但他還是不忘把仍留在外頭的一雙長腿迅速縮回，好讓電梯門能順利關上。

直至電梯門關上，上方代表著樓層的數字穩定跳動後，兩人這才虛脫似地倒坐在地，並大口大口地喘著氣。

驚魂未定的安然，恐懼的心情隨著電梯顯示螢幕跳動的層數不斷往下而逐漸平復下來。青年的手不由自主地撫上空蕩蕩的胸前，心裡生起一股劫後餘生的恐懼。

如果沒有那條項鍊，也許他們兩人都要遭遇不測了。

林俊注意到安然的動作，雙眼閃過一絲歉疚，卻沒有開口說話。

在兩人期盼的目光下，顯示螢幕上的字終於停在代表地面的「G」上。電梯門打開的瞬間，安然聽到林俊彆扭地說道：「安然，這次算我欠你一個人情。」

安然聞言撇了撇嘴，心想這人到最後還是連道謝也不會，還眞是個彆扭的人。可是嘴角卻止不住地揚起來。

林鋒站在大廳，他所站的位置能夠同時看見電梯與逃生通道，只要有人從這兩處出入，他必定能在第一時間看到。

當時三人走出逃生門，林鋒走在最後，無時無刻注意著安然兩人的狀況。然而在他正要步出逃生門時，走在他身前的林俊與安然卻從他眼前突然消失！

發現兩人不見後，林鋒幾乎把整層十六樓翻遍了，就連凶案現場也沒有遺漏。但林俊與安然就像突然從世上消失，如果不是房間內還殘留著林俊的血跡，林鋒幾乎以爲剛剛與林俊兩人同行所遇到的事情全都是幻覺！

雖然狀況很邪門，但林鋒的慌亂並沒有持續太久。在十六樓遍尋不獲後，他決定走到一樓等待。

這一次，再也沒有奇怪的狀況出現，林鋒很順利地到達了一樓。

他告訴管理員十六樓有傷者，請管理員先報警叫救護車。並決定要是五分鐘後仍不見他們下來，便會交代管理員留下來與救護員接洽，他再上十六樓繼續尋人。

當林鋒從監視螢幕看見兩人身影時，總算鬆口氣。然而接下來看到的影像，卻讓林鋒及一旁的管理員震驚了！

螢幕中，電梯門還沒完全打開，安然兩人便像被某種東西追趕似地衝了進去。本來這也沒什麼，可是下一秒，便看到林俊突然被一股見不到的力量拉了出去！

饒是林鋒的膽子再大，也被眼前的超自然現象嚇了一大跳，一旁管理員的反應就更不堪了，尖叫一聲後便不停驚懼地唸著「阿彌陀佛」。

林鋒並沒有理會管理員，他的視線一眨也不眨地盯著螢幕看。他看到離林俊站得遠遠的安然猶豫片刻，便衝上前拉住林俊，最終在安然將身上的項鍊掛在林俊身上以後，兩人便突然摔進電梯裡。彷彿那隻與兩人角力的無形的手，忽然放開了對林俊的箝制。

雖然影像的畫質不算好，以致很多細節看不清楚，但這並不影響林鋒了解事情的結果。光是衝著安然衝上前拉住林俊的舉動，便已讓林鋒對他刮目相看。

當電梯門打開，林鋒看清楚兩人的模樣時，一張略帶冰冷的臉迅速黑了起來。安然看起來還好，雖然一副驚魂未定的樣子，但至少還是完好無缺。倒是林俊的傷口不光是再度裂開，更因先前的掙扎弄出一地怵目驚心的血痕，臉色更是蒼白得可怕。

站在林鋒身旁的管理員，則是完全不敢靠近電梯。他與林鋒一樣把那可怕的影像從頭看至尾，在喃喃自語地重複著幾句唯一懂得的經文的同時，管理員還暗暗盤算著把那影像拷貝下來，賣給記者好好賺一筆。

林鋒上前，與安然合力扶出林俊。看到這個從未受過委屈的小弟竟然吃了這麼多苦頭，林鋒實在又氣又心疼。即使這種傷勢若是放到自己身上，他連眉頭都不會皺一下。

林鋒很想好好責罵一下這個不知天高地厚的弟弟，可是看到對方蒼白著一張臉，還不忘朝自己討好地笑，責罵的話語便怎樣也無法說出口，只能鬱悶地憋回肚子。

安然看得暗暗搖頭，同時卻又覺得羨慕。他是家中獨子，再加上母親早逝，一直非常渴望親情。看到林俊與林鋒的兄弟情誼，自然羨慕無比。

把安然的表情看在眼裡，林鋒道：「安然，謝謝你救了阿俊。從今天起，你便是我林鋒的兄弟了！」

安然聞言愣了愣，感動之餘卻不禁羞愧，猶豫片刻，決定實話實說：「鋒哥，其實……其實我起初是不打算救林俊的……只是後來不知怎地頭腦發熱，便衝了上去……」

其實安然沒必要把事情說開來，就這樣佔著恩人名分的話，他必定能獲得不少好處。可是聽到林鋒願意把他當兄弟看，安然能看出對方說這番話是眞心的。想到林鋒光明磊落的個性，便決定還是不要有所隱瞞得好。

畢竟在安然看來，人的感情是最須珍惜的，他不希望現在小小的瞞騙，在將來成爲彼此關係的裂痕。況且不說出來，他也會覺得心裡不舒服。

對於自己當初見死不救，安然並不覺得做法有錯。在生命受到威脅時先保全自己，這是天經地義的事。

雖然覺得理直氣壯，可是要把事情說開，安然卻仍感到有點尷尬。

說出實情以後，安然頓時感到一陣輕鬆，隨即便忐忑不安地等待著林家兄弟的反應。

看著安然低垂著頭，臉上的神情有點羞愧，卻又很倔強。他就像個等待家長責罵，但心裡卻堅持著自己沒有犯錯的孩子。

「我知道。」看到安然愕然地抬起頭，林鋒不禁勾起了嘴角，道：「我從監視螢幕看到整個過程，從一開始阿俊摔在地上時你沒有動，我便已看出你的猶豫了。之所以願意認你這個兄弟，是因爲你的勇氣令我佩服。」

看到安然的嘴巴動了動，林鋒不待他發言，接著說：「這不用懷疑，無論中途你曾有過怎樣的退縮與掙扎，但最後還是鼓起勇氣向阿俊伸出手，這就足夠了。」

說到這裡，林鋒面露欣賞的神情，道：「何況，這事你本來可以不告訴我們，但你還是選擇坦誠，證明我沒有看錯人。」

被兩人扶著走的林俊，本來就把安然當時的猶豫看在眼裡，暗暗猜測著對方是否曾打算袖手旁觀。當安然承認眞的曾打算見死不救時，林俊不禁心生不爽。可是聽到林鋒的話，卻覺得自家二哥說得有理。再想想如果兩人角色互調，林俊也不敢肯定自己眞的會有救人的勇氣。

一想到這裡，心中的怨氣頓時煙消雲散，剩下的只有沒有說出口的感激。

林鋒充滿認同與讚賞的話，讓安然羞澀地紅了臉。同時沒有吭氣的林俊也讓他感到意外，安然原以為對方知道自己曾打算袖手旁觀時，一定會很不服氣地冷嘲熱諷，不過對方冷靜的表現卻出乎他意料之外。

救護車很快便來了，經初步診治後確定林俊沒有大礙，就是失血有點多，到醫院後還縫了幾針，即日便能出院了。

對安然來說看起來超恐怖的傷口，在醫生眼中卻不值一提，小CASE而已。

林鋒不知用了什麼手段，離開時把那段電梯的監視錄影帶走了，給了林俊說讓他留作紀念。可惜這段珍貴的靈異錄影，最終卻被已成驚弓之鳥的林俊二話不說地燒燬了。

經過這次恐怖經歷，林俊再也不敢說鬼魂之說是迷信了。他從安然口中得知黑星石是從劉天華手中購入後，便立即聯絡對方。

劉天華了解事件後卻表示無能為力，不過能介紹一名在驅邪捉鬼方面很厲害的師父給林俊。

本來應該沒有安然的事情了，但林俊卻無論如何都要安然陪他一起去。

「不要！」安然想也不想，一口拒絕。

林俊卻非常堅持，他道：「你只是陪我而已，又不用做其他事情，有師父在你怕什麼？」

安然翻了翻白眼，反問：「既然有師父在，那你還怕什麼？」

要是以前，以林俊的傲氣，被安然揶揄兩句便會開始逞強。可惜有過先前的經歷，林俊便好像認準了安然似地，拚死賴活地就是要他同行。

但安然卻鐵了心不理他。

開什麼玩笑！先前一時心軟，差點把自己玩死了，他才不會再讓自己陷進去！

見安然不爲所動，林俊便祭出殺手鐧，道：「你與二哥稱兄道弟，那我也是你弟，你怎能對自己的兄弟見死不救？」

安然挑了挑眉，道：「有像你這樣連名帶姓地呼喚兄長的嗎？來來來，叫聲『哥』來聽聽。」

他的話讓林俊惡寒了下，活像個被無賴調戲的良家婦女。

「滾！」

最終安然還是與林俊同行，只因林俊很聰明地抓住了安然的弱點——讓林鋒開口，親自向安然提出請求。

好吧！高手親自開口，安然再怎樣也要給對方幾分面子，只得摸摸鼻子認了。

出發前，劉天華代師父轉述了一些林俊須準備的事情。其中一樣，便是林俊最初接觸靈體，也就是他闖入案發現場的時候，那名涉及事件的第三者妙妙小姐，在林俊見師父時也須在場。

於是當安然陪同林家兄弟坐上那輛風騷無比的跑車後，他們首先要做的是要到林俊的朋友家裡，把妙妙接過來。

自從得知妙妙的存在後，安然的八卦之火便熊熊燃燒起來，對林俊與他女友，及未婚妻這三角關係深感好奇。現在終於能看到本人，他還真的有點小激動耶⋯⋯

結果當三人與妙妙見面時，安然卻不光是激動，而是震驚了！

妙妙確實是個小美人，尤其是那雙又圓又大的眸子猶如星光般明亮，安然與對方的眼神對上時，心也忍不住漏跳一拍……

然而最大的問題是，被林俊暱稱爲妙妙、全名林妙的美女根本不是人，而是隻白色的小狗！

那沒有一絲雜質的純白皮毛、水潤的大眼睛、濕潤的黑色小鼻子、小巧的身軀，橫看豎看都是隻純種的馬爾濟斯啊！

安然回想當初林俊在逃生通道時說的話……敢情是他誤會了？

察覺到安然看到妙妙時的震驚，林俊驕傲地笑道：「怎樣？妙妙血統優良，牠的父母都是冠軍犬喔！我可是費了好大的力氣才買到的！」

說罷，林俊彎腰便想把妙妙抱起，然而小狗卻敏捷地閃身避開，反倒搖著尾巴向安然撒嬌。

「妙妙！」林俊的面子有點掛不住，追上去想要把小狗抓住。可是別看馬爾濟斯體型嬌小，這種小狗卻是以勇敢與靈巧著稱。雖然渾身純白的皮毛讓牠們看起來很嬌貴，但其實牠們在古代除了觀賞外，也因爲敏捷與嬌小，曾被船員飼養在船上代替貓兒捕捉老鼠，是非常出名的工作犬。

妙妙的身手絕對敏捷，林俊一時間倒是抓不到。一旁的林鋒早已對此見怪不怪、只是袖手旁觀，林俊幫忙照顧小狗的朋友則是看得哈哈大笑，卻完全沒有出手相助的意思。

安然從小便很喜歡狗，再加上想到剛剛小狗對自己的撒嬌示好，便試探地喚聲：「妙妙。」

結果安然一喚，這位林家姑奶奶便立即搖著尾巴跑過去，甚至還任由安然想抱就抱，氣得身爲主人的林俊幾乎吐血。

此刻被安然抱在懷裡的妙妙，完全收起先前那副頑皮樣子，安靜得簡直就像個小淑女，說有多乖巧便有多乖巧。安然不禁愈看愈喜歡，便提議：「你與妙妙這麼生疏，長期分居的話，彼此的關係只會更差。要不，你把妙妙接過來一起住吧！」

林俊驚詫地問：「你不是反對嗎？」

安然當然不會說，他當時之所以反對，是因誤以爲「妙妙」是林俊的小三。只見他有點尷尬地摸摸鼻子，道：「沒辦法，誰讓我與妙妙投緣呢！當時我是因爲還沒有見過妙妙嘛！」

妙妙也不知道是否聽得懂安然的話，只見牠伸出粉嫩的舌頭，舐了舐安然的手背，彷彿附和著他的話。其樂融融的樣子看得林俊醋勁大發，一個「不」字差點兒便要脫口而出。

然而林俊的朋友卻比他更快，道：「安然你願意接受妙妙，那眞的太好了！家裡已經有兩隻狗，多了妙妙後，我媽整天老是嘮嘮叨叨。何況寵物長期離開主人也不好，阿俊與妙妙本就已經夠疏遠的了。」

林俊想想倒也覺得有理，不知爲何妙妙與誰都能玩得開，就是不黏自己。也許是他才養了這孩子不久，便把牠丟給朋友照顧的緣故。

一想到這裡，他便覺得對妙妙充滿歉疚，再也說不出拒絕的話來。

□

帶著妙妙，林家兄弟與安然來到劉天華提供的地址。

三名男生加上一隻非常可愛的小狗，尤其林俊與林鋒還是名符其實的高富帥，這個組合無論到哪裡都有很高的回頭率。

劉天華所介紹的師父姓唐，他所屬的門派安然聽都沒聽過。據劉天華所說，這是個古代民間術士所創立的門派，偏向道教，嚴格來說卻並非道教。

安然對道教的事情並不是很清楚，只有在喪禮舉行儀式時見過道士。還有那些在廟宇替人解籤的師父，好像也是道教的。另外一些電視、電影的殭屍劇，也能經常看見道士跑出來揮桃木劍與撒糯米……

這麼仔細一想，安然才驚覺道教師父除了能夠請神捉鬼，喪禮、解籤、抓殭屍等等也包含在他們的業務範圍。

安然這個對道教一知半解的小白甚至心想，「問米」到底是不是也是道家的活兒？說不定他們會被安排到一間小黑屋，然後會有一名老婆婆雙掌按住桌面顫抖，而對方還能變成別人的聲音說話……

懷著諸多猜測，當安然看到劉天華介紹的那位唐銘師父時，忍不住露出了震驚的表情。

唐銘並不是安然以爲的老婆婆，甚至對方只是個年紀與他相若的青年！

招待三人的地方也不是安然所想的小黑屋，而是燈火通明的住所。青年沒有如安然所想般穿著一襲道服，他只是簡簡單單的一身襯衫與休閒長褲，看起來與一般人無異。

比起對方普通的衣著，唐銘的長相卻讓人眼睛一亮。雖然林家三兄弟俱是萬中無一的美男子，然而眼前的唐銘卻有著一種不食人間煙火的特別氣質，渾身透露著仙氣。再配合他斯文俊秀的容貌，簡直如同謫仙。

看到唐銘的模樣，林俊小聲嘀咕：「那麼年輕，他到底行不行啊!?」

他說話的聲量很小，照理唐銘應該無法聽見。偏偏走在前面帶路的唐銘卻突然回頭，彷彿回應林俊的質疑般，向他微微一笑，道：「天華已經把你們的事情告訴我了，請放心，這狀況我能夠應付的。」

唐銘的笑容令人如沐春風，可是看在林俊眼中卻讓他心裡莫名地發寒，閉上嘴巴，再也不敢胡亂說話了。

林鋒看著唐銘的眼神瞬間銳利了幾分，唐銘卻彷彿沒有感受到壓力般向林鋒禮貌一笑，便領著三人來到一座神壇前。

雖說是神壇，但上面並沒有供奉任何牌位，除了香燭外，冷冷清清的便只有一座小香爐。唐銘先讓眾人輪流上香，就連妙妙也沒有遺漏，由林俊代爲奉上一炷清香，並抱起牠，握著牠的前肢往香爐拜了拜。

隨即唐銘便燃燒一些紙符，嘴巴吟唱著眾人聽不懂的咒文。青年的動作行雲流水般自然，竟帶有特別的美感，甚至唸唸有詞的咒文也彷彿有著神奇的音律，聽著聽著讓人心境變得寧靜平和起來。

安然恍惚間看到香爐浮起一層淡淡的光暈，還弄不清楚發生什麼事情，便見不久前才嚇得他落荒而逃的鬼魂，正以香爐作途徑現身於客廳裡！

女鬼現身時，除了看得見的安然，林家兄弟也感到吹來了一陣陰寒的怪風。位處香爐兩旁的一對紅蠟燭，火焰更是瞬間熄滅，下一秒卻又很奇異地再度自行點燃。隨即火焰瞬間拔高，蠟燭以很快的速度燃燒起來！

唐銘與安然，視線不約而同地同時轉至林俊背後——流著血淚的女鬼已離開香爐，正靜靜站在林俊身後！

異眼房東の日常生活

第十章

察覺到安然竟與自己一樣把視線準確投到女鬼身上，唐銘不禁露出驚訝神情。

但現在並不是詢問的好時機，因此唐銘只是略微分神，便再度把注意力全數貫注於眼前的靈體身上。

反應比兩人稍慢的是妙妙，這隻小白犬雖然看不見，但動物的本能似乎讓牠有著獨特的感應能力。當女鬼出現時，原本乖巧窩在安然懷裡昏昏欲睡的小狗，突然一臉警惕地豎起耳朵，隨即更向林俊所在方向狂吠。

林俊身為妙妙的主人，本已因自家小狗只黏著安然這個外人而一臉不爽，現在被妙妙這麼一吠，只覺得非常沒面子，氣得臉都綠了。

安然連忙按住想要暴走的林俊肩膀，小聲安撫道：「別動，她來了，就在你背後！」

聽到安然的話，林俊臉色立即刷白。雖然青年一副如坐針氈的樣子，然而唐銘在他們進來時已經解釋過，眾人所坐的位置都是有講究的，不能隨便轉換。因此在安然同情的目光中，林俊只得壓抑逃跑的衝動，硬著頭皮繼續坐在原位一動也不敢動。

幸好劉天華介紹的這位唐師父還是很可靠的，在他的保護下，女鬼完全無法觸碰林俊等人。

有了唐銘的保護，這次安然總算能夠靜下心來好好觀察眼前的靈體。愈是細心觀察，便愈能感覺到從她身上傳來的惡意與怨念。那種彷彿恨不得整個世界陪葬的恨意，讓安然感到膽戰心驚。不過，當安然想到她死得如此淒慘，到最後連屍體也找不全時，驚懼之餘，卻又不禁爲對方的遭遇感到可悲。

記得當年死者被凶手肢解、棄屍，頭部與一些肢體還慘遭油炸，製成糖醋排骨出售。偏偏如此凶殘的犯行，法官到最後竟然只判凶手誤殺！

算算日子，當年那名身爲小三的凶手，現在也應該已經出獄了。如此不公平的待遇，這教死者怎能安息!?

雖然沒有聽到唐銘說話，但安然有種對方正與鬼魂進行溝通的奇妙感覺。事實也證明安然的感覺沒錯，因爲不久後，唐銘已由鬼魂處得知林俊被她糾纏的原因了。

自從這件被民眾命名爲「寶湖炸屍案」的凶案發生後，寶湖花園B座便出現了許多鬧鬼傳聞。該棟大廈的電梯更不時出狀況，明明沒有人按鈕，卻總會在案發的十六樓停下。

那天林俊帶妙妙散步後回家，散步時由於他摸了路過的約克夏，結果大發醋勁的妙妙便一直鬧脾氣。

正巧乘坐電梯時出了一點小意外，電梯在十六樓忽然無故停頓。門打開時，正鬧脾氣的妙妙突然衝往走廊，跑到案發房間門口狂吠。

林俊慌忙跟著從電梯衝出去，邊把吵鬧著的小狗抱起，邊安撫說道：「乖，我帶妳回家吧！」

青年怎麼都想不到，就因爲他這句話，竟讓女鬼能夠堂而皇之地附在他身上！

從女鬼身上得知事情的來龍去脈後，唐銘便放任鬼魂離去。

「就因爲這樣!?當時那句話我只是對妙妙說，而且我根本就不知道她的存在！」聽過唐銘的敘述後，林俊抓狂了！

其他人也是一副哭笑不得的神情，如果這句話就是主因，那林俊也眞的太冤了。

面對一臉激動的林俊，唐銘依舊一臉淡然地微笑道：「是的，你這句話便是被她纏上的主因。當然她能夠附在你身上、吸收你的陽氣，還有不少其他因素。例如你的八字、氣運等，也會影響事情的結果。歸根究柢，只能說你的運氣不好。」

「那也太沒有道理了吧!?」一想到自己受了那麼多苦與驚嚇，竟然只是因爲這句早已想不起來的無心之話，林俊便覺得這世界實在太沒天理了！

對於像林俊這種狀況的客人，唐銘顯然見多了，只見他依舊不慍不火地解釋道：「靈體本就不會與活人講道理。靈魂死後便會重墜輪迴，那些留在人世的，不是死得太突然、根本察覺不到自己已經死亡的鬼魂，便是自殺的亡靈。還有，就是充滿著強烈執念或怨氣的靈體。」

唐銘的笑容彷彿有著安撫人心的奇妙功效，竟讓林俊激動的心情逐漸平復，靜下心來聽對方講解。

頓了頓，唐銘組織了下詞彙，續道：「就像這次糾纏著你的怨靈，她只留下恨意與怨念，幾乎已沒有理智可言。只要被她找到機會，便會無差別地傷害別人。」

唐銘的話讓林俊鬱悶不已，此時林鋒皺起眉，問：「可是我聽說命案發生後，那座大廈特地舉辦超渡儀式。那鬼魂不是應該已被超渡了嗎？」

對於林鋒等人的疑問，唐銘並沒有表現出絲毫不耐，耐著性子回答：「超渡的意義主要是告訴靈體他們已經死亡，並且勸籲他們離開。一般經文會爲他們開拓一條前往陰間的道路，但最終是否願意離開，則取決於鬼魂的意願。」

眾人這才恍然大悟，他們一直以爲超渡是無關鬼魂意願的「強制遣返」，原來這都是誤解啊……

聽過唐銘的講解，眾人對靈界的事情有了初步認識的同時，也加深了對唐銘的信任。畢竟那差點害林俊沒命的鬼魂，唐銘可是要請她來便來，讓她走便走。加上先前一番話說得頭頭是道，顯然有著相應的學識與自信。

接下來唐銘也沒有讓大家失望，他先是做了一連串儀式，主要目的大約是請求各方神靈庇佑林俊。儀式進行時，安然看見神壇降下一道淡金色光芒，隨即殘留在林俊身上的淡淡黑氣便被金光逼出體外，迅速於半空中消散無蹤。

金光的出現只有一瞬間，但對安然來說卻非常震撼。因為這讓他確定了這個世上除了有鬼以外，還眞的有法術！

頓時，安然心裡對這個世界充滿了敬畏。

儀式過後，基本上林俊身上已沒有附著任何東西，不過唐銘還是建議他們到寶湖花園前燒一點冥紙聊表心意。

唐銘還提及要是他們感到害怕，可以不用回到案發現場沒關係，在大廈外的街道進行就可以了。

對此，林鋒的表情自始至終都很淡定，可是安然與林俊卻在聞言後不約而同地鬆了口氣。這次的經歷對兩人來說絕對是非常恐怖的體驗，讓他們對案發的十六樓有著很深的陰影。

在眾人依著唐銘建議、來到街上燒東西時還發生了一個小插曲，就在冥紙燃燒到一半時，金屬器皿內燃燒著火焰的冥紙突然漩渦狀地轉動，就像忽然颳起了一陣小旋風似地。神奇的是，站在旁邊的安然等人卻完全沒感覺到有風吹過。

幸好雖然出現了瞬間的奇怪現象，卻沒有其他怪事發生，兩人順利地燒完冥紙後，這次的事情便算是完滿結束了。

□

事情完滿解決，林俊也沒有吝嗇，包了一包大大的紅包給唐銘。

安然並沒有放過這次的機會，抓緊機會問：「唐師父，不知你這裡有沒有出售護身符？」

聽到安然的詢問，林俊立即想起那枚在危急關頭自行破碎的吊墜。當時他已經對那條項鍊的功用有所猜測，現在安然這麼一問，他立即把護身符與那個黑星石吊墜聯想起來。

想到吊墜的神奇，林俊立即留心起來，並暗暗決定一會兒安然買的護身符無論需要多少錢，他都會幫對方付。畢竟人家的吊墜之所以破裂，說到底都是爲了救自己。

唐銘道：「我知道天華把那條黑星石項鍊賣給你，不知道他當時是怎麼對你說的，但那吊墜並不是市面上能夠輕易買到、實際上沒有多大力量的護身符，而是確實有效用的法器，這是可遇不可求的寶貝。」

「法器？」

「對，法器有天然形成的，例如一些在深山吸收天地靈氣的玉石，雕刻成別具意義的形態後，便能夠避邪保平安。也有一些後天形成的法器，利用風水陣蘊養或者唸經文開光，但這往往需要花費不少時間與心力，也必須經過眞正有實力的高人之手。何況法器的種類很多，要找到合適的法器也須緣分。」

安然點點頭表示了解，露出了失望的神色。一旁的林俊看到後不禁有點不自在，他想不到自己弄壞的吊墜竟是這樣難得的寶物。本來法器再貴他都不在乎，可是現在知道那是有價無市、稀少又講求緣分的東西，便也幫不上忙了……

想到這裡，林俊卻又有點感動。安然竟然毫不猶豫地用那麼珍貴的東西來救他，這份人情眞的欠大了！

同樣道理，安然也對劉天華充滿了感激。想到當初他對那條項鍊抱持著懷疑的態度，到最後還是劉天華遊說他把吊墜買下來。

解答了安然的問題後，唐銘猶豫片刻，還是禁不住心裡的好奇，問：「恕我冒昧問一句，安然你能夠看得見靈體對吧？」

安然還未說話，林俊已驚訝地反問：「這也能看出來嗎？」說罷，林俊這才反應過來，自己剛剛的反應，已間接回答了唐銘的提問。

安然並不在意，他不會到處亂說，但也不覺得這是須要隱藏的事實。現在唐銘主動詢問，他也很大方地承認道：「是的，唐師父果然厲害。」

唐銘笑道：「我們年紀相若，你直接喚我的名字就好。」

平常被人喚爲「師父」的，大都是上了年紀的人，現在喚這麼年輕漂亮又有靈氣的人作「師父」，總覺得很彆扭。難得唐銘主動提出，安然與林俊立即點了點頭，欣然答應下來。

看到兩人應允，唐銘笑了笑，態度少了些疏離，多了幾分親暱，道：「即使我沒有任何能力，光是看到鬼魂出現時安然的反應，也能猜測到眞相。」

唐銘雖然有著一身不食人間煙火的獨特氣質，但其實相處下來與一般年輕人並沒有兩樣。安然向他請教一些靈界的事情，他也熱心地解答，沒有絲毫不耐。

對於安然表示想要封眼的意願，唐銘的回應與劉天華差不多，也是說安然的氣運不差，而且他的陰陽眼涉及一段因果，建議要是沒大事的話，還是不要妄動為妙。

告辭時，唐銘與安然交換電話，明言有什麼解決不了的事情可以找他。這讓安然覺得生命至少有了一層保障，能夠結識唐銘，這次陪同林俊同行也算是有了不錯的收穫。

□

之後，安然的生活再度回復原來的軌道，雖然偶爾會被奇怪的東西嚇一跳，但卻沒有像林俊的事件般造成什麼危險。

林鋒聲稱他找到工作了，但依安然所見，高手變得更加神祕，益發地神龍見首不見尾。林鋒大多數時間都留在家裡鍛鍊，也不見他上班，但有時候卻會外出、不知去處。

到底有什麼工作如此不定時，上班時間又少呢？

安然覺得林鋒現在的狀況，愈來愈符合他先前對對方身分的猜測——黑社會老大。

林俊自從那次意外後乖了許多，雖然仍經常與安然拌嘴，但面對安然時已沒有一開始那種趾高氣揚的態度，也開始會動手幫忙做家務了。

總括來說，世界很和平，生活很安穩，他也逐漸習慣與林家兄弟一起生活了。

雖然知道法器這種東西可遇不可求，但安然還是在劉天華出差回來後，厚著臉皮上門，詢問對方會不會有別的出售。

結果被劉天華罵了一頓，他的話可比唐銘不客氣得多了，道：「你以爲法器都是路邊的大白菜嗎？那都是有錢也買不到的寶貝啊！不到一年……不！不到一個月你便給我玩完了！現在還有膽子來問我有沒有別的？滾！」

心知自己理虧的安然，只得灰溜溜地返回家裡……

劉天華那堪比鬼哭神號的怒罵聲劃破天際，傳至樓上的安然家裡。聽到劉天華的怒吼聲，林俊對林鋒說道：「二哥，你的人脈比較廣。如果你知道哪裡有護身的法器出售，就跟我說一聲吧！」

林鋒看了林俊一眼，隨即點點頭。他知道林俊雖然什麼也不說，但其實一直對於弄壞了安然的吊墜一事耿耿於懷。

要是安然開口向林俊索償，即使開出高於市價數倍的價錢，林俊也會二話不說地照付，從此心安理得地將這件事情放下。

偏偏安然卻選擇自個兒奔波，從未責難林俊這個罪魁禍首。這反而令林俊感到很難受，主動想做點什麼事情來補償。

雖然相處的時間不長，但安然已被林俊認可了，甚至還隱隱有壓過林俊一頭的趨勢。

林鋒對此倒是樂見其成。林俊太驕傲了，長此下去總有一天會吃虧的。多出一個能夠壓制他的驕傲、讓他在乎的人，未嘗不是件好事。

何況安然這個人著實不錯，雖然性格有些軟，但勝在對人真誠。而他們林家人最欠缺的，便是真心相交的朋友。雖然不知道安然往後會不會變，但至少現在，他覺得林俊多一位朋友並沒有壞處——即使那兩人總是說不到兩句便開始鬥嘴。

「二哥。」

「嗯？」

猶豫片刻，林俊這才下定決心詢問：「你說家裡到底是什麼意思？安然無論怎樣看都只是個普通人，爲什麼老爸指定我們搬過來與他同住，還要我們定期向他報告安然的日常生活呢？」

「我也不知道，反正我們照做就是了。」

「你說，家裡不會對他不利吧？」

「那又如何？你想違抗父親的命令？別忘了搬過來與安然同住，並監視他的一舉一動，是讓你解除與王家婚約的條件，你已經答應過父親，現在可不能反悔。」

林俊聞言，英俊的臉龐閃過一絲掙扎，隨即決然道：「安然怎麼說也對我有恩，要我出賣他可不行。二哥，你就直接告訴我吧！若是真的要對安然不利，那我找個機會逃就是。」

林鋒忽然上前一掌拍在林俊的後腦勺，突如其來的痛楚讓林俊抱頭慘叫了聲。

雖然林俊的慘叫聲頗為驚天動地，不過他知道林鋒已手下留情了。要是林鋒眞的全力打下去，以他的手勁，林俊的頸椎只怕已被林鋒一掌拍斷，哪還能在這裡活蹦亂跳地喊痛？

「啊！二哥你幹嘛打我!?」

「你以為你不願意傷害安然，我就會為家族出賣兄弟嗎？既然我認了安然這個兄弟，自然不會做出對他不利的事情。放心吧！我覺得父親對安然沒有惡意，相反地，他提及安然的時候語氣雖然很冷淡，但我還是感受到他對安然的善意與關懷。這事處處透露著古怪，也許答案揭曉時會讓我們大吃一驚，我倒是滿期待的。」

聽到林鋒的話，林俊也被勾起好奇心。

安然怎麼看也與他們林家八竿子打不上關係，到底他有什麼地方吸引父親的注意，還特地派出他們三兄弟與安然接觸，林俊對此實在好奇得很。

在不傷害安然的大前提下，林俊也不介意聽家族的命令行事，看看到底會得出什麼答案。

此時，大門被人打開，踏進家門的安然擔憂地詢問：「剛剛的慘叫聲是怎麼回事？」

聽到安然的詢問，林俊幽怨地摸了摸依舊隱隱作痛的後腦，道：「沒什麼，就是莫名其妙被二哥拍了一下，他也太大力了！一點兒也不懂得放輕力道……你這是什麼眼神？」

安然開門的瞬間，睡在軟墊上的妙妙耳朵動了動，立即搖著尾巴往安然跑去。

說起來倒也神奇，妙妙對誰都友善聽話，就只是單對林俊一人不給好臉色。把牠接過來後，妙妙最聽林鋒的話，最黏的人卻是安然。對於林俊這個正牌主人卻是愛理不理，喚牠過來時十次有九次掉頭就跑。剩下一次的理會，還是妙妙大小姐正好要上廁所，把狗奴帶出陽台讓他善後……

彎腰抱起搖著尾巴歡迎自己回來的妙妙，安然看著林俊的神情是赤裸裸的幸災樂禍，道：「不……只是覺得鋒哥下手實在太輕了，不然你哪還能有這麼多抱怨的廢話？」

林俊被激得差點一口鮮血噴出來，心想——之所以被二哥拍這一下，還不是因爲你嗎!?

不理會氣得說不出話的三弟，林鋒雖然從劉天華的怒吼聲中隱約猜到結果，但仍是詢問道：「怎樣，找到想要的法器了嗎？」

雖然林鋒說話一向硬邦邦的沒什麼表情，但安然還是能感受到對方的關心。不想讓他擔心，壓下心裡的沮喪，安然一臉雲淡風輕地說道：「劉天華沒貨，不過他說會幫我留意，這段時間小心一點就好了。」

聽到安然的話，林俊立即揚了揚下巴，囂張地說道：「告訴他錢不是問題，多少錢我都替你付了，算是我賠給你的。」

看林俊傲慢的樣子，林鋒不禁暗暗嘆了口氣。他實在不知道該怎麼說自家老么才好，明明剛才擔心得要死，還爲了安然願意違抗父親的命令。可是面對安然時卻又是這種態度，難道他不知道這樣很惹人厭嗎？

「那是當然的。我也沒打算與你客氣，反正你窮得只剩下錢了。」安然挑了挑眉，並不覺得林俊這番話是看不起他，也不認爲對方在炫耀自己富有。

經過這段時間的相處，他算是抓準了林俊的性格，這傢伙說話總是不會經過大腦，雖然有點臭屁又驕傲，卻不會目中無人得看不起別人。

想不到安然會這麼爽快地應允，林俊不禁嘴角一抽，道：「……你還眞是老實不客氣。」

安然聳了聳肩、沒有說話，他不打算假惺惺地推辭，反正這些都是他應得的。知道法器的珍貴後，安然也清楚上次劉天華根本就沒賺他的錢，甚至可以算是賠錢送給他的。

要是下次有貨，安然當然不會再讓劉天華賠錢了。現在林俊這個土豪主動要求爲他結帳，安然當然是笑納了。

如果讓自認爲是型男貴公子的林俊知道，安然已經在心裡爲他貼上「土豪」這個標籤，不知會不會找他拚命呢……

想到自己起初是有點不喜歡林俊，但現在卻又覺得能夠認識林家兄弟眞的太好了，也許這就是他們的緣分吧，明明應該是完全不會有交集的人，卻因爲他把房間出租的這個決定而生活在一起。

同時，安然又想起唐銘與劉天華都說，後天的陰陽眼往往隱藏著因果。如果這是眞的，到底他這突如其來的能力有著什麼內情呢？

安然記得第一次見鬼，便是在他看到那張撕毀了一半、上面有著一個與自己長相幾乎一模一樣的男生照片時。

那個男生會是鬼魂嗎？他到底是誰呢？爲什麼會長得與自己如此相像？仔細回想起來，安然發現他的見鬼能力，好像就是從看到那個男生之後才出現的……

「嘖！不說了，肚子好餓，你快點去做飯吧！」說不過安然，林俊也只能在指使安然做飯這方面佔點優越感。

林俊命令般的話語打斷了安然的思緒，安然在心裡暗罵了聲「幼稚」，隨即想起什麼似地笑道：「對了！難得今天沒有下雨，把被套洗一下吧！說起來今天好像是阿俊你負責洗衣服呢，眞是辛苦你了！」

聽著林俊的悲鳴、妙妙湊熱鬧的吠叫，以及林鋒不耐煩的低聲斥責，讓這個自從安然父親過世後沉寂已久的房子，出現久違的熱鬧與溫暖。

有一種久違的，「家」的感覺。

安然靜靜看著這一幕，忽然有種哭泣的衝動。

垂下頭掩飾著微微發紅的眼眶。良久，安然才抬頭笑道：「別吵了，我先去煮飯，大約一小時後便有得吃，你就忍耐一下吧！」

雖然莫名其妙獲得的陰陽眼讓人困擾，可是這新的同居生活似乎也不賴哪！

就像，有了新的家人似地。

《異眼房東的日常生活01》完

後記

大家好，很高興與各位在我的新作《異眼房東的日常生活》見面。

第一次寫靈異故事的我，在寫作中一直小心翼翼地把握著恐怖情節的尺度。怕寫得太恐怖了，大家都不敢看。也怕寫得不夠恐怖，大家會覺得失望。

因此這個故事呢，我是定位在會有恐怖事件，但卻是走輕鬆向（？）的路線。在恐怖的情節過後，絕對會給大家喘一口氣的時間的XD

有沒有讀者平常是不看靈異類的題材，可現在卻正在看這本小說呢？如果有的話，我眞的感到萬分榮幸，並且恭喜大家踏入靈異故事的領域喔！

不知道大家有沒有印象，我曾經提及過故事中的一些恐怖情節，其實靈感是來自我日常生活中所遇到的怪事情。

例如在電梯裡出現了「焦炭君」，其靈感便是因爲一次我在電梯所遇上的怪事。

當時，我所工作的公司位於十四樓，老闆弟弟的公司則位於十六樓。有時候老闆不在的話，我便會把一些須要簽名的文件拿上十六樓，交給老闆的弟弟簽名。

因爲有些人會在後樓梯吸菸，因此雖然只有兩層，但不喜歡菸味的我還是會堅持等候電梯而不走後樓梯。

那天，我如常在十六樓把東西交老闆弟弟簽名後，便邊站在電梯前等候、邊垂首複查文件有沒有什麼地方遺漏了簽名。

在這間公司已經工作多年，等候電梯所需的大約時間我還是知道的，覺得時間應該差不多了，我便抬頭看看電梯上層顯示層數的數字螢幕。順帶一提，螢幕上所顯示的是電子型數字，隨著電梯升降而跳動出所需數字那一種。

那時候我看見數字已越過了我所在的十六樓，跳至17這個數字了。那時候我也不以爲意，要是較上層的樓層有人按鈕的話，電梯會先上到最高的那層才降下來。因此我便站在電梯門前繼續耐心等待。

看著數字從17跳至18，然後再從18跳至19，接著回落至18、17、16，然後電梯門打開了。

可那時候我沒有進去，而是任由電梯門在我的面前緩緩關上。

因爲，我工作的大廈根本只有十八層啊啊啊!!

當天我最終選擇走後樓梯回去了。

然後我一直想要爲那時候所發生的怪事，尋找一個合理的解釋。我想，是不是電子螢幕壞了，因此數字8有一個位置不亮燈，看起來便變成了9。畢竟這兩個阿拉伯數字，在電子字型來說也只差一劃而已。

可是想想卻又覺得不對，那時候我明明看見數字從17變成18，再跳至19，然後回落18、17……如果眞的是螢幕出現問題，那正常來說18這個數字便不會出現，而且層數跳動的時間也會不一樣。

故事到這裡結束。雖然這事情也算不上是恐怖經歷，然而這是一個我至今也無法解釋的謎團。那層謎之十九樓，在我往後的工作中也再沒有遇見過了。

順帶一提，在第二集中，有些情節也同樣是從我的眞實經歷中取得靈感喔！至於那是什麼，便留待《異眼房東的日常生活2》的後記中再告訴大家囉！

另外，如果各位有親身經歷的鬼故事/怪事，也歡迎大家到我的臉書「香草遊樂園」與我分享一下。

那麼，我們第二集再見了！再次謝謝各位購買這本《異眼房東的日常生活》。

香草

異眼房東の日常生活

【下集預告】

安然救了差點發生事故的名導演，
沒想到意外的背後另有隱情……
目睹並拍下這一幕的記者，
被匪夷所思的影像勾起了好奇心。
因此事件盯上安然的警察，
卻似乎正是林鋒以前的死對頭！？

名導演不為人知的生活圈，
將帶給安然一行人怎樣的風波？

第二集．〈索命紅顏〉六月火熱推出～

路邊攤　著

最新校園傳說、令人戰慄又懷念的校園鬼故事！

見鬼，就是我們社團的宗旨！還記得學生時代校園裡百般的驚悚鬼故事嗎？故事的開頭總是「聽說」而不是「我看到」。因爲沒有人眞正看到過，所以更有無限的想像空間……

當教室是通往異界的入口、廁所鏡子是勾人心魄的凶器、自然現象中加上了絕對無法想像的「東西」後，你還確定世界是安全的嗎？誰知道這些故事（事實？）何時會消失，何時會再度甦醒？

見鬼社

明日葉　著

淡淡心動滋味，無厘頭搞笑風格，夏日清爽開胃讀物！

炎炎夏日某一天，故事就從女孩向男孩搭訕的第一句話開始——
「你好！我是外星人，可以跟你做朋友嗎？」
這天外飛來的清靈美少女頭腦似乎……有點怪？
女孩無厘頭的個性，讓男孩平靜的校園生活瞬時風雲變色。不過，所有事件的背後都藏了無數巨大的祕密，讓人意外的眞相說明了她的「超能力」，也解釋男孩腦中的異樣感。
那天，在櫻花樹下許下的願望是……

外星少女
要得諾貝爾和平獎

醉琉璃　著

揉合神話與青春校園的奇幻冒險!

宮一刻是個熱愛可愛事物的不良少年，莫名車禍後，他開始能見到人類身上冒出的「黑線」。滿懷不解的他第一次遇上渾身粉紅蕾絲邊的可愛女孩時，就不應該再奢求平靜的校園生活了……

蘿莉小主人、靈感雙胞胎、僞娘戰友、巴掌大壞心眼少女……無敵怪咖成員們，織成驚心動魄兼囧笑連連的每一天。以線布結界、以針做武器，還要和名爲「瘴」的怪物作戰，不得已訂下契約的一刻，將展開一段名爲熱血的打怪繪卷！

織女系列（全八冊，番外一冊）

醉琉璃　著

《織女》二部來襲！不管是神明、人類或妖怪，都大鬧一場吧！

不思議事件狂熱者室友A，是個手持巨大毛筆的「神使」？一臉酷樣的少女殺手室友B，還是個活生生的「半妖」？這些宛如動漫的名詞突然殺出，低調眼鏡男只能輸人不輸陣，變身了！？

不敬者破壞封印，釋放了不該釋放之物！神使公會曝光，舊夥伴、新搭檔陸續登場——「他」無奈表示：爲啥我得聽一個男人說「我願意」呀!!

神使繪卷系列（陸續出版）

香草　著

脫掉裙子、剪去長髮，誰說公主不能大冒險！
心跳100%，詭異夥伴相隨的刺激旅程！

一連串恐怖陰謀與噩耗的重擊下，西維亞公主一肩扛起天上掉下來的任務：「解救皇室危機」
在淚眼朦朧卻有一副好毒舌的侍女「歡送」下，
聚集超級天然呆魔法師、知性腹黑與爽朗隨性的青梅竹馬騎士長，
西維亞正式展開以守護國家爲名的嶄新冒險。

傭兵公主系列（全六冊，番外一冊）

香草　著

史上最沒幹勁的勇者，被迫上路！

夏思思是個絕對奉行「能坐不站、能躺不坐」的17歲少女。卻被自稱「眞神」的神祕美少年帶到了異世界！身爲現役「勇者」，也爲了保住小命，她只好心不甘情不願地踏上保護世界的麻煩旅程。

誰知道旅程還未展開，思思便被史上最「純潔」的魔族纏上？帶著一夥實際身分是聖騎士、偏偏又很難搞的夥伴，決定兵分兩路行動的新手勇者夏思思，前途無法預測！

懶散勇者物語系列（全十冊）

香草　著

撲朔迷離的預言、一分爲二的神力，
史無前例超級尋人任務，黃金單身漢一文二武通通撩落去！

由史上最年輕丞相與左右將軍組成的神使團，
在意外不斷的尋人過程中，遇上名爲「琉璃」的俏皮女孩。
她背景成謎、意圖不清，卻武藝、解毒樣樣行，
屢屢向神使團伸出援手。
伴隨著危險與希望，吵吵鬧鬧的一行人，
將往預言中神子的所在地踏出旅程……

琉璃仙子系列（全四冊）

可蕊　著

異世界的新手，驚險連連的冒險新章！

眞是巧合？還是有人背後搞鬼？工作飛了、正面臨斷糧危機的楚君從意外甦醒後，發現自己和愛貓娜兒掉入了某個彷如電玩遊戲的奇幻國度，靈魂更雙雙進入了擁有「絕世容貌」的新軀體！

楚君和娜兒對新世界沒有任何知識與概念，但屬於「身體」的原始記憶，卻在接近眾傭兵團目標之地後漸漸覺醒。她們的身體原來是誰的？這些記憶是否具有特殊意義？而楚君手中那枚拔不掉的詭異戒指，要如何在一卡車「狩獵眞有趣」的生物環伺下，解救主人？

奇幻旅途系列（全七冊）

米米爾　著

少喝了口孟婆湯，留幾分前世記憶。
16歲女高中生偵探，首次辦案！

嬌小又低調的偵探社社長．滕天觀，迫於種種原因，無奈地接下來自學生會長的「委託」，誰知，對方竟還附贈一個據說「很好用」的司馬同學！到底是協助調查還是就近監視，沒人說得清。

帶著前世「巡按」記憶轉世的少女偵探，推理解謎難不倒，人心險惡司空見慣，但老成淡定的她，卻總在看到「他」時，想起了什麼……

天夜偵探事件簿系列（全四冊）

林綠　著

每個人生來都伴著一顆命星，
在最晦暗不明的時刻，爲我們指引前路——

靈異研究社，顧名思義，集合了一票膽大於天的少年少女，社長是
憑著滿腔熱血做事的千金小姐，掛名副社長的是陸家風水師，
成員包括粉紅系男孩、甜美女孩、孔雀般的貴公子、毒舌學姊；
對了，還有負責打雜的校草，喪門。

喪門其實對另一個世界毫無興趣，迫於人情加入靈研社，
竟捲入一連串不可思議的事件……

眼見爲憑系列（全七冊）

魚璣　著

陰陽侍——使用陰陽術的侍者，於日據時代傳入台灣，傳承至今。現在，由Ｔ大陰陽系專門培養陰陽侍幼苗，只有擁有特殊資質的人才找得到個神祕的科系，同時獲得成爲陰陽侍的機會。

擁有特殊能力與個性的陰陽侍們將面臨各式各樣的神祕事件與來自妖魔代言人Ｄ的挑戰，他們如何一一化險爲夷，維持陰陽兩界的和平？屬於陰陽侍們的都會奇幻冒險！

陰陽侍系列（全五冊）

倚華　著

輕鬆詼諧又腹黑，加上充滿絕妙個性的吐槽，全新創作！

這是一個關於友情、愛與責任的故事……（才怪！）
事實上，這是關於一個又脫線又白痴傢伙的故事。（也不是啦！）
皇家禁衛組織，一個集合了眾多「奇特」成員的團體，夥伴們該如何相親相愛地完成屬於他們的特別任務呢？

東陸記系列（全四冊）

國家圖書館出版品預行編目資料

異眼房東的日常生活 / 香草 著.——初版. ——台北市：魔豆文化出版：蓋亞文化發行，2015.05
冊； 公分.
ISBN 978-986-5987-63-3（第1冊；平裝）

857.7 104005175

fresh FS083

異眼房東の日常生活 01室友駕到

作者 / 香草
插畫 / 水梨 封面設計 / 克里斯
出版社 / 魔豆文化有限公司
地址◎ 台北市103赤峰街41巷7號1樓
電話◎（02）25585438 傳真◎（02）25585439
部落格◎ gaeabooks.pixnet.net/blog
臉書◎ www.facebook.com/Gaeabooks
電子信箱◎ gaea@gaeabooks.com.tw
投稿信箱◎ editor@gaeabooks.com.tw
郵撥帳號◎ 19769541 戶名：蓋亞文化有限公司
發行 / 蓋亞文化有限公司
法律顧問 / 義正國際法律事務所
總經銷 / 聯合發行股份有限公司
地址◎ 新北市新店區新店市寶橋路二三五巷六弄六號二樓
電話◎（02）29178022 傳真◎（02）29156275
港澳地區 / 一代匯集
地址◎ 九龍旺角塘尾道64號龍駒企業大廈10樓B&D室
電話◎（852）2783-8102 傳真◎（852）2396-0050
初版一刷 / 2015年5月
定價 / 新台幣 180 元
Printed in Taiwan

ISBN / 978-986-5987-63-3

魔豆

魔豆